BLACKWATER · I
La riada

Michael McDowell (1950-1999) fue un auténtico monstruo de la literatura. Dotado de una creatividad sin límites, escribió miles de páginas, con una capacidad al nivel de Balzac o Dumas. Como ellos, McDowell optó por contar historias que llegaran a todo el mundo. Como ellos, eligió el medio de difusión más popular: el folletín, o novela por entregas, en el caso de los maestros del xix; el *paperback*, o libro de bolsillo, en el caso de McDowell.

Además de ejercer como novelista, Michael McDowell fue guionista. Fruto de su colaboración con Tim Burton fueron *Beetlejuice* y *Pesadilla antes de Navidad*, además de un episodio para la serie *Alfred Hitchcock presenta*. Considerado por Stephen King como el mejor escritor de literatura popular, y pese a su temprana muerte por VIH, escribió decenas de novelas: históricas, policíacas, de terror gótico, muchas de ellas con pseudónimo. En 1983 publicó la que es sin duda su obra maestra, la saga *Blackwater*, y exigió que se publicara en 6 entregas, a razón de una por mes. El éxito fue arrollador. Ahora, tras el enorme éxito de venta y público en Francia e Italia (con más de 2 millones de ejemplares vendidos), llega a nuestro país.

BLACKWATER
LA ÉPICA SAGA DE LA FAMILIA CASKEY

MICHAEL MCDOWELL

BLACKWATER · I
La riada

Traducción de Carles Andreu

Título original: *Blackwater. Part I: The Flood*

© del texto: Michael McDowell, 1983.

Edición original publicada por Avon Books en 1983.
Publicado también por Valancourt Books en 2017

© de la traducción: Carles Andreu, 2023
© diseño de cubierta: Pedro Oyarbide & Monsieur Toussaint
Louverture

© de la edición: Blackie Books S. L. U.
Calle Església, 4-10
08024 Barcelona
www.blackiebooks.org
info@blackiebooks.org

Maquetación: David Anglès

Impreso en México

Primera edición en México: octubre de 2024
ISBN: 978-607-384-962-3

A Mama El

La ménade ama, y se defiende con furia contra la importunidad del amor. Ama y mata. De las profundidades del sexo, del pasado oscuro y primigenio de las batallas de los sexos, surge esta escisión y bifurcación del alma femenina, en la que la mujer encuentra por primera vez la plenitud y la integridad primigenia de su conciencia femenina. Así, la tragedia nace cuando la esencia femenina se afirma a sí misma como díada.

VYACHESLAV IVANOV,
La esencia de la tragedia

Expulsaré la dulzura de mi corazón
y aspiraré todo el horror; al amor y otras ideas de mujer
    daré muerte
y dejaré sus cuerpos pudrirse en mi mente;
ojalá sus gusanos me carcoman. Sin ser hombre por
    fuera,
mi odio engendrará multitudes y
seré padre de un mundo de espectros
antes de dar con mis huesos en la tumba.

THOMAS LOVELL BEDDOES,
Love's Arrow Poisoned
[Flecha de amor envenenada]

Nota del autor

Perdido es un pueblo de Alabama que existe de verdad y que se encuentra en el mismo lugar que ocupa en estas páginas. En cambio, ni tiene ni tuvo nunca los edificios, la geografía o los habitantes que le atribuyo. Además, los ríos Perdido y Blackwater no tienen confluencia alguna. Y, aun así, me atrevo a decir que las personas y los paisajes que describo no son completamente imaginarios.

Prólogo

La mañana del domingo de Pascua de 1919, el pueblo de Perdido, en Alabama, amaneció con un cielo despejado, de un rosa pálido y translúcido que no se reflejaba en las aguas negras que desde hacía una semana anegaban por completo el pueblo. El sol, inmenso y anaranjado, apenas asomaba por encima del pinar que había más allá de lo que en su día había sido Baptist Bottom, el barrio más bajo de Perdido. Aquel lugar, donde los negros emancipados se habían instalado hacinados en 1865, y donde seguían haciéndolo sus hijos y nietos, era ahora poco más que un amasijo de tablones, ramas de árboles y animales muertos e hinchados. Del centro de Perdido no se distinguían más que el ayuntamiento, su torre cuadrangular con un reloj en cada una de las cuatro caras, y el primer piso del Hotel Osceola. Ya solo se podía recordar el cauce que los ríos Perdido y Blackwater habían seguido hasta la semana anterior. Los mil doscientos habitantes de Perdido se habían refugiado en puntos más elevados, y entretanto el pueblo se pudría bajo una inmensa capa de agua negra y hedionda que apenas había empezado a retroceder. Los frontones y los aguilones y las chimeneas de las casas que no habían acabado destruidas y arrastradas por la riada sobresalían de la superficie negra y brillante del agua estancada, como señales de auxilio hechas de piedra, ladrillo y madera. Pero nadie respondía a su llamada silenciosa, y los maderos flotantes, los detritos no identificables y los restos de ropa y muebles chocaban entre sí y se amontonaban, formando nidos pestilentes alrededor de aquellos dedos asomados.

El agua negra lamía las paredes de ladrillo del ayuntamiento y del Hotel Osceola, pero por lo demás permanecía muda e inmóvil. Quienes no han vivido nunca una inundación imaginarán tal vez que los peces entran y salen de las ventanas rotas de las casas sumergidas, pero no es así. En primer lugar, las ventanas no se rompen, ya que, por muy bien construida que esté la casa, el agua se filtra entre las tablas del suelo, de modo que alcanza la misma altura dentro de la despensa que fuera, en el porche. Pero es que, además, los peces no abandonan nunca los cauces originales de los ríos, como si los seis u ocho metros más de libertad de que disponen ahora no existieran. El agua de las riadas es repugnante y está llena de basura repugnante, y, por mucho que les disguste la desacostumbrada oscuridad, los siluros y las doradas se quedan nadando en círculos confusos alrededor de sus rocas, sus algas y sus pilares del puente.

Alguien que se encontrara en la pequeña sala cuadrada que había justo debajo de los relojes del ayuntamiento y que mirara por la estrecha ventana vertical que daba al oeste podría haber visto, a través de aquella superficie plana de agua estancada y fétida donde nada llegaba a reflejarse, un solitario bote de remos que se acercaba con dos hombres dentro, como salido de entre los restos de la noche. Pero en la sala bajo los relojes no había nadie; nada perturbaba el polvo que cubría el suelo de mármol, los nidos de pájaros que había entre las vigas y el leve zumbido de los pocos engranajes que aún no se habían averiado. No había nadie que pudiera dar cuerda a los relojes; ¿quién se habría quedado en Perdido tras una riada como aquella? El solitario bote de remos seguía su curso, solemne y majestuoso, inadvertido. Avanzaba lentamente desde el noroeste, donde se alzaban las elegantes casas de los propietarios de los aserraderos, ahora sumergidas bajo las aguas fangosas del río Perdido. Al mando de los remos de la embarcación, que estaba pintada de verde —por algún motivo todas las embarcaciones de ese tipo en Perdido estaban pintadas de verde—, iba un hombre negro de unos treinta años. Sentado ante él, en la proa, había un hombre blanco apenas unos años más joven.

Hacía ya un buen rato que no abrían la boca,

mientras contemplaban asombrados el espectáculo de Perdido (donde habían nacido y crecido) sumergido bajo seis metros de agua maloliente. ¿Qué otro día de Pascua —aparte del primero, en Jerusalén— había amanecido así de sombrío y desesperanzador para quienes habían contemplado la salida del sol?

—Bray —dijo por fin el hombre blanco—, rema hacia el ayuntamiento.

—Señor Oscar —protestó el hombre negro—, no sabemos qué hay en esas salas.

El agua había alcanzado la parte inferior de las ventanas del primer piso.

—Precisamente por eso, Bray; quiero ver qué hay en esas salas. Acércate, anda.

El hombre negro viró la barca a regañadientes y, con un golpe de remo suave pero vigoroso, puso rumbo al ayuntamiento. Cuando llegaron al edificio, la barca chocó contra la balaustrada de mármol del balcón del primer piso.

—¡No irá a meterse ahí! —exclamó Bray al ver que Oscar Caskey alargaba la mano y agarraba uno de los gruesos balaústres.

Oscar sacudió la cabeza. El balaústre estaba cubierto con el limo de la riada. Intentó limpiarse las manos en los pantalones, pero lo único que logró fue impregnarse del hedor.

—Acércate a esa ventana.

Bray maniobró y dirigió el bote hacia la primera ventana a la derecha del balcón.

El sol aún no había alcanzado ese lado del edificio, y la oficina —la sede del registro civil local— estaba en penumbra. El agua formaba un charco negro poco profundo que cubría la mayor parte del suelo. Había sillas y mesas desparramadas, y varios archivadores caídos. Algunos de los más llenos se habían empapado tanto que habían estallado por la presión. Esparcidos por todas partes había gruesos fajos de pútridos documentos oficiales del condado y del municipio. En el alféizar de la ventana Oscar vio una solicitud de voto para las elecciones de 1872 en la que aún se podía distinguir el nombre. La solicitud había sido rechazada.

—¿Qué ve, señor Oscar?

—Poca cosa. Veo daños. Y bastantes problemas cuando el agua vuelva a bajar.

—Todo el pueblo va a tener problemas cuando baje el agua. No miremos más por las ventanas, señor Oscar; quién sabe qué podemos ver...

—¿Qué crees tú que vamos a ver?

Oscar se volvió hacia él. Bray trabajaba para los Caskey desde que tenía ocho años. Inicialmente lo habían empleado como compañero de juegos de Oscar, que entonces solo tenía cuatro; luego se había convertido en el chico de los recados, y más tarde en el jardinero principal de los Caskey. Su esposa en unión libre, Ivey Sapp, era la cocinera de los Caskey.

Bray Sugarwhite siguió remando, guiando la pequeña embarcación verde por el centro de la calle Palafox. Oscar Caskey miraba a derecha e izquierda, tratando de recordar si la barbería tenía un frontón triangular con una esfera de madera tallada encima, o si ese adorno pertenecía a la tienda de ropa de Berta Hamilton. El Hotel Osceola se alzaba a mano derecha, cincuenta metros más adelante. El letrero se había descolgado en algún momento del viernes y probablemente a esas alturas estuviera ya golpeando el casco de un barco camaronero en medio del golfo de México, a cinco millas de la costa.

—No vamos a mirar en ninguna otra ventana, ¿verdad, señor Oscar? —preguntó Bray con aprensión cuando se acercaron al hotel. Desde la proa, Oscar iba inspeccionando los laterales del edificio.

—Bray, me ha parecido ver algo que se movía en una de esas ventanas.

—Sería el sol —respondió Bray de inmediato—. Un reflejo sobre las ventanas sucias.

—No era un reflejo —respondió Oscar Caskey—. Haz lo que te digo y rema hasta la ventana de la esquina.

—No pienso hacerlo.

—Lo vas a hacer, Bray —dijo Oscar Caskey, sin siquiera darse la vuelta—, o sea que ni te molestes en decirme que no. Anda, acércate a la ventana de la esquina.

—No pienso mirar más por las ventanas —protestó Bray, sin bajar del todo el tono de voz—. Seguramente esté lleno de ratas —añadió entonces en voz alta, mientras cambiaba de rumbo y se dirigía hacia la primera planta del hotel—. Cuando sube el agua en Baptist Bottom, siempre veo ratas saliendo de sus agujeros y correteando por encima de las vallas. Las ratas saben dónde está seco. Todo el mundo se largó de Perdido el miércoles pasado, o sea que seguro que en ese hotel solo quedan ratas listas.

El barco chocó contra la fachada este del hotel. El sol, de un rojo cegador, se reflejaba en los cristales. Oscar se asomó a la ventana más próxima.

Todos los muebles de la pequeña habitación del hotel —la cama, la cómoda, el armario, el lavamanos y el perchero— estaban amontonados de cualquier manera en medio del cuarto, como si un torbellino los hubiera derribado y reunido en el primer piso. Todo estaba cubierto de limo. La alfombra, negra, tiesa y fangosa, estaba arrugada contra la puerta. En la penumbra, Oscar no logró distinguir la marca más alta del agua sobre el papel pintado oscuro.

La alfombra se movió y Oscar vio dos ratas enormes que salían corriendo de un pliegue y se escondían bajo la montaña de muebles del centro de la habitación. Oscar apartó la mirada de la ventana.

—¡Ratas! —preguntó Bray—. ¡Ea! ¡Lo que yo le diga, señor Oscar! En este hotel no hay más que ratas. No hace falta mirar por ninguna ventana más.

Oscar Caskey no le respondió, pero se levantó y,

agarrándose a la estructura del andrajoso toldo de la ventana contigua, tiró del bote hacia la esquina del hotel.

—Bray —dijo Oscar Caskey—, esa es la ventana donde he visto que se movía algo. Ha pasado por delante de esta ventana, y no era ninguna rata, porque las ratas no miden metro y medio de altura.

—Las ratas se han hinchado a comer con la riada —dijo Bray, aunque no quedó claro qué era lo que pretendía insinuar.

Aún dentro del bote, Oscar se inclinó hacia delante, se agarró con ambas manos al marco de hormigón de la ventana y echó un vistazo a través de los cristales sucios.

La habitación esquinera parecía haber salido indemne de la crecida de las aguas. La cama, delicadamente hecha, estaba donde debía, junto a la larga pared del pasillo y encima de una alfombra muy bien colocada. El armario, la cómoda y el lavamanos también estaban en su sitio, y no había nada que hubiera caído al suelo y se hubiera roto. Y, sin embargo, el sol que entraba por la ventana orientada al este iluminaba un trozo de la alfombra, y Oscar se fijó en que estaba empapada, por lo que tuvo que concluir que el agua había llegado a filtrarse entre las tablas del suelo.

Pero no entendía cómo era posible que los muebles de la habitación hubieran permanecido en su sitio mientras, en la habitación contigua, todo había quedado destrozado, revuelto y —para mayor humillación— cubierto de barro negro.

—No sé qué pensar, Bray.

—Pues no piense nada —respondió Bray—. Además, no sé de qué está hablando, señor Oscar.

—No hay nada fuera de sitio en esta habitación. El suelo está mojado, pero eso es todo.

Oscar se había dado la vuelta para decir esas últimas palabras a Bray, que negó con la cabeza haciendo evidente una vez más su deseo de marcharse bien lejos de aquel edificio medio sumergido. Temía que Oscar quisiera rodear el hotel y mirar por cada una de las ventanas.

Este volvió a darse la vuelta y se impulsó contra el alféizar para alejar la embarcación. Entonces se asomó a la ventana y acto seguido se dejó caer dentro del bote ahogando un grito de alarma.

Apenas cinco segundos antes, aquella habitación estaba sin duda vacía y, sin embargo, ahora acababa de ver a una mujer. Estaba tranquilamente sentada en el borde de la cama, de espaldas a la ventana.

Sin esperar siquiera una explicación ante el evidente susto de Oscar —sin desear ninguna, de hecho—, Bray empezó a remar de inmediato para alejarse del hotel.

—¡Vuelve, Bray! ¡Vuelve! —le gritó Oscar cuando hubo recuperado el aliento.

—No, señor Oscar, no pienso volver.

—Bray, te lo advierto...

Bray dio media vuelta a regañadientes. Oscar estaba tratando de alcanzar el marco de la ventana cuando esta se abrió de golpe. Bray se puso tenso, con el remo aún hincado en el agua. La barca chocó contra la pared de ladrillo y los dos hombres se tambalearon por el impacto.

—Llevo tanto tiempo esperando... —dijo la joven, de pie ante la ventana abierta. Era alta y delgada, de tez pálida y porte erguido, atractiva. Tenía el pelo de un rojo embarrado, abundante y recogido en un moño. Llevaba falda negra y blusa blanca, y un broche rectangular de oro y azabache en el cuello.

—¿Quién es usted? —preguntó Oscar, atónito.

—Elinor Dammert.

—No, quiero decir... ¿qué hace aquí? —dijo Oscar.

—¿En el hotel?

—Sí.

—Me sorprendió la inundación. No pude salir.

—Todo el mundo salió del hotel —dijo Bray—. Salieron o los sacaron. El miércoles pasado.

—Pues de mí se olvidaron —dijo Elinor—. Estaba durmiendo y se olvidaron de que estaba aquí. No los oí llamar.

—La campana del ayuntamiento repicó durante dos horas —insistió Bray de malos modos.

—¿Pero está usted bien? —se interesó Oscar—. ¿Cuánto tiempo lleva ahí dentro?

—Como él ha dicho, desde el miércoles. Cuatro días. He pasado la mayor parte del tiempo durmiendo. No hay mucho más que hacer en mitad de una riada. ¿Tienen algo en el bote?

—¿Para comer? —preguntó Oscar.

—No tenemos nada —respondió Bray en tono cortante.

—No, no hemos traído nada —dijo Oscar—. Lo siento, deberíamos haber traído algo.

—¿Por qué? —preguntó Elinor—. No esperaban encontrar a nadie todavía en el hotel, ¿verdad?

—¡Desde luego que no! —exclamó Bray, con un tono de voz que sugería que la sorpresa no había sido precisamente agradable.

—¡Silencio! —ordenó Oscar, molesto por la insolencia de Bray y preguntándose qué mosca le habría picado—. ¿Está bien? —repitió, dirigiéndose a la mujer—. ¿Qué hizo cuando el agua alcanzó el punto más alto?

—Nada —respondió Elinor—. Me senté en el borde de la cama y esperé a que alguien viniera a rescatarme.

—Pero cuando he mirado por primera vez no estaba allí. No había nadie en la habitación.

—Sí, sí estaba —dijo Elinor—. No me habrá visto bien, debía de haber un reflejo en el cristal. Estaba sentada ahí; al principio no los he oído...

Hubo un momento de silencio. Bray estudió a Elinor Dammert con profunda desconfianza. Oscar ladeó la cabeza mientras trataba de tomar una decisión.

—¿Hay sitio para mí en el bote? —preguntó Elinor al fin.

—Sí, ¡cómo no! —exclamó Oscar—. La llevaremos con nosotros. Debe de estar hambrienta.

—Da la vuelta —le indicó Elinor a Bray—, coloca el bote justo debajo de la ventana para que pueda salir.

Bray hizo lo que le pedía. Agarrándose al toldo con una mano, Oscar se levantó y le ofreció la otra a Elinor. Esta se remangó la falda y, tras salir con gesto elegante por la ventana del hotel, se metió en la barca. Serena, sin dar muestra alguna del terror que debía de haber sentido durante los cuatro días que había pasado como la única habitante de un pueblo sumergido casi por completo, Elinor Dammert tomó asiento entre Oscar Caskey y Bray Sugarwhite.

—Señorita Elinor, me llamo Oscar Caskey y este es Bray. Trabaja para nosotros.

—¿Qué tal, Bray? —dijo Elinor, volviéndose hacia él con una sonrisa.

—Bien, señora —respondió este con un tono de voz y un ceño que expresaban todo lo contrario.

—La llevaremos a un punto más elevado —dijo Oscar.

—¿Hay sitio para mis cosas? —preguntó Elinor, mientras Bray se impulsaba ya con el remo contra la pared de ladrillo del Hotel Osceola.

—No —respondió Oscar con pesar—, ya vamos bastante apretados. Pero en cuanto nos haya dejado en tierra firme, Bray volverá a por ellas.

—¡No puedo entrar en ese lugar! —protestó Bray.

—¡Bray, lo vas a hacer y punto! —espetó Oscar—. ¿Tú te das cuenta de lo que ha pasado la señorita Elinor durante estos cuatro días? ¿Mientras tú y yo y mamá y Sister estábamos secos y a salvo? ¿Desayunando, comiendo y hasta cenando, y quejándonos porque teníamos dos barajas en vez de cuatro? ¿Te das cuenta de lo que debió de pensar la señorita Elinor, sola en ese hotel, mientras el agua subía?

—Bray —dijo Elinor Dammert—, solo tengo dos maletas pequeñas. Y las he dejado justo al lado de la ventana, en el suelo. No tienes más que meter la mano.

Bray remaba en silencio, regresando por el mismo camino por donde había venido con Oscar. Mantenía la vista fija en la espalda de aquella joven que no pintaba nada allí donde la habían encontrado.

En la parte delantera del bote, Oscar se moría de ganas de encontrar algo que decirle a la señorita Elinor Dammert, pero no se le ocurría nada de nada; o, por lo menos, nada que justificara girarse y hablarle por encima del hombro. Por fortuna, mientras se devanaba los sesos y justo cuando acababan de dejar atrás el ayuntamiento, el cadáver de un mapache enorme emergió de pronto a la superficie negra y aceitosa del agua, y Oscar le contó que, al tratar de huir a nado de la crecida de las aguas, los cerdos de las granjas se habían degollado a sí mismos con las patas delanteras; no estaba claro si se habían ahogado o habían muerto desangrados. La señorita Elinor sonrió y asintió, pero no respondió. Oscar no dijo nada más, y no volvió a girarse hasta que Bray pasó remando por delante de la mansión familiar.

—Ahí es donde vivo —dijo Oscar, señalando el primer piso de la residencia de los Caskey, ahora sumergida. La señorita Elinor asintió y sonrió, y dijo que parecía una casa muy grande y muy bonita, y que le gustaría poder verla en algún momento cuando no estuviera bajo el agua. Oscar, muy efusivo, se mostró a favor de ese deseo; Bray, en cambio, no. Al cabo de unos minutos, Bray empujó la barca entre dos grandes raíces expuestas de un enorme roble siemprevivo que marcaba el límite noroeste del pueblo. Oscar bajó de la barca, haciendo equilibrios sobre una de las raíces, y ayudó a Elinor a llegar a tierra firme. Esta se volvió hacia Bray.

—Gracias —le dijo—. Te agradezco mucho que vuelvas a por mis cosas. Esas dos maletas contienen todo cuanto poseo, Bray. Tengo que recuperarlas o me habré quedado sin nada. Las he dejado justo al otro lado de la ventana, solo tienes que meter la mano.

La mujer y Oscar partieron hacia la Iglesia de

la Gracia de Sion, situada en un promontorio a un kilómetro y medio de distancia, donde se habían refugiado las principales familias de Perdido.

Un cuarto de hora más tarde, Bray volvió a maniobrar con el bote hasta colocarlo paralelo a la fachada del Hotel Osceola. A pesar del poco tiempo transcurrido, el agua había bajado ya varios centímetros. Bray se quedó unos instantes sentado en la embarcación, observando la ventana abierta y preguntándose cómo iba a reunir el valor necesario para meter el brazo ahí dentro y recuperar las maletas.

—¡Que si pasó hambre, dice! —exclamó en voz alta para sí mismo—. ¿Qué habrá comido esa mujer?

El sonido de su propia voz —aunque hubiera expresado parte del desagradable misterio que sentía que rodeaba a Elinor Dammert— le infundió valor, y giró el bote hasta que pudo apoyar el hombro en la pared de ladrillo del hotel. Agarrándose con una mano a la cornisa de hormigón, metió el otro brazo en la habitación. Sus dedos se cerraron alrededor del asa de una maleta, que sacó por la ventana y dejó en el interior el bote. Suspiró profundamente y volvió a meter el brazo.

Entonces cerró la mano y agarró... nada.

Volvió a sacarla. Miró un momento hacia el sol con los ojos entrecerrados y aguzó el oído, pero no se oía nada más que el roce del bote contra los ladrillos anaranjados del hotel. Volvió a meter la mano y rebuscó dentro de la habitación, al otro lado de la ventana. No había más bultos.

No le quedaba más remedio que mirar dentro de la habitación del hotel, meter la cabeza en el hueco vacío y echar un vistazo en busca de la segunda maleta de la señorita Elinor.

Bray, que era desagradablemente consciente de ser la única persona en todo Perdido en ese preciso instante, volvió a sentarse en el bote y analizó la situación. Si se asomaba a la ventana, era posible que viera que la maleta estaba al alcance de la mano. Esa era sin duda la posibilidad más optimista, ya que entonces podría recuperarla con la misma facilidad con la que había recuperado la otra. Pero también existía la posibilidad de que la maleta quedara fuera de su alcance. En ese caso tendría que encaramarse a la ventana. No pensaba hacerlo, pero no pasaba nada: podía decirle al señor Oscar que no había podido abandonar el bote porque no había encontrado dónde amarrarlo.

Bray se puso de pie y estabilizó el bote agarrándose al toldo. Miró a través de la ventana, pero no vio la segunda maleta por ninguna parte. No estaba ahí.

Sin pensárselo dos veces, se asomó al interior y miró debajo del marco y a lo largo de toda la pared exterior. La curiosidad había podido más que el miedo.

—Dios, ten piedad de mí —murmuró—. Señor Oscar —se dijo a sí mismo, ensayando el discurso con el que obtendría el perdón tras regresar sin una de las maletas—, miré por todas partes y no estaba. Habría entrado, pero no había dónde amarrar el bote, y...

Pero sí había dónde: una pequeña lengüeta de metal lacado que en otro momento había servido para enrollar el cordón de la persiana veneciana. Bray maldijo sus propios ojos por haber reparado en aquel detalle. Sabía que no podía mentir al señor Oscar, de modo que, a pesar del miedo, y maldiciendo aún sus ojos y su incapacidad para decirle al señor Oscar cualquier cosa que no fuera la pura verdad, anudó el fino cabo de amarre a la lengüeta. Cuando el bote estuvo atado, puso con cuidado un pie sobre el marco y, de un solo salto, se metió dentro de la habitación del hotel.

La alfombra estaba empapada. El agua sucia de la riada rezumó al pisarla con las botas. El sol de la mañana entraba en la habitación por la ventana que daba al este. Bray se acercó a la cama donde el señor Oscar había visto sentada a la señorita Elinor y hundió un dedo vacilante en la colcha: también estaba empapada y cubierta de mugre. Apenas había hecho presión y, aun así, el agua sucia formó un charquito alrededor de su dedo.

—No estaba ahí —dijo Bray en voz alta, todavía ensayando la conversación que tendría con el señor

Oscar—. ¿Por qué no has mirado debajo de la cama? —preguntó el señor Oscar con la voz de Bray.

Bray se agachó. El agua negra y mugrienta goteaba de los bordes de la colcha. Debajo de la cama había un charco negro de agua apestosa.

—¡Dios mío! ¿Pero dónde ha dormido esa mujer? —exclamó Bray en un susurro. Se dio la vuelta rápidamente. La maleta no estaba. Se dirigió a una cómoda y la abrió. Ahí dentro no había nada, más allá de tres centímetros de agua en cada uno de los cajones del lado izquierdo. En la habitación no había ni un armario ropero ni ningún otro lugar donde la maleta pudiera estar escondida, incluso en el caso de que la señorita Elinor hubiera querido impedir que la encontrara. Por no mencionar que la señorita parecía muy interesada en que él fuera a recuperarla.

—¡Ay, señor Oscar! ¡Alguien ha ido al hotel y la ha robado!

Ya se dirigía de nuevo hacia la ventana cuando el señor Oscar, con la voz de Bray, le preguntó:

—«Bueno, Bray, pero ¿por qué no has mirado en el pasillo?» Pues —susurró Bray—... porque la habitación ya era de por sí lo bastante horrible...

La puerta del pasillo estaba cerrada, pero tenía la llave puesta. Bray se acercó y accionó el pomo. No cedió, de modo que hizo girar la llave, sucia y negra, y abrió la puerta de un tirón.

Echó un vistazo en el largo pasillo desnudo. Allí no había ninguna maleta. No vio nada. Se quedó un momento inmóvil, esperando a que la voz del señor Oscar le exigiera ir más lejos. Pero no oyó ninguna voz. Bray respiró aliviado y cerró la puerta con cuidado. Volvió a la ventana y se metió con cuidado en el bote. Mientras desataba lentamente el cabo, saboreando el hecho de haber salido bien parado de aquella desagradable aventura, Bray se dio cuenta de algo que no había visto antes: la luz del sol que entraba por la ventana iluminaba ahora la marca que el agua había dejado sobre el oscuro papel pintado de la pared. La marca quedaba más de medio metro por encima de la cabecera de aquella cama que con tanto esmero había hecho Elinor Dammert. Pero, si el agua había subido hasta ahí, ¿cómo había sobrevivido la mujer?

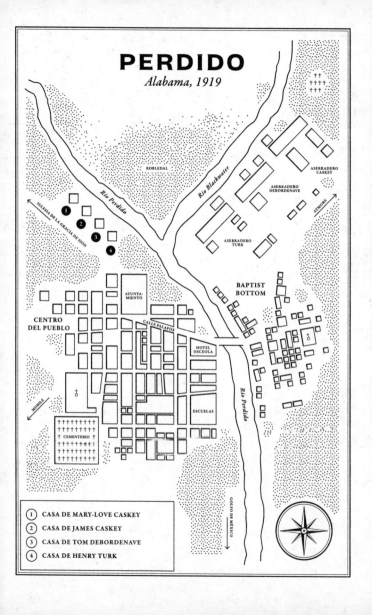

Genealogía
Caskey, Sapp y Welles — 1919

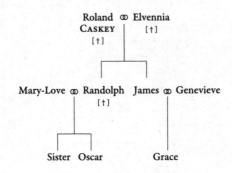

Roland ⊙ Elvennia
CASKEY [†]
[†]

Mary-Love ⊙ Randolph   James ⊙ Genevieve
[†]

Sister   Oscar   Grace

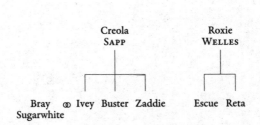

Creola   Roxie
SAPP   **WELLES**

Bray ⊙ Ivey   Buster   Zaddie   Escue   Reta
Sugarwhite

Primera parte

La riada

I

Las mujeres de Perdido

La Iglesia de la Gracia de Sion estaba situada en la Old Federal Road, a dos kilómetros de Perdido. La congregación era bautista primitiva, por lo que la iglesia era el tipo de construcción más incómoda que se pueda imaginar: una nave única de paredes blancas, con un techo abovedado que retenía el calor en verano y el frío en febrero, y que albergaba ruidosos grillos en invierno y cucarachas voladoras en julio. Era un edificio antiguo, construido algunos años antes de la guerra civil y levantado sobre pilares de ladrillo hundidos en la arena oscura, entre los cuales vivían unos meses los turones y, otros, las serpientes de cascabel.

La congregación bautista primitiva de Perdido era conocida por tres cosas: sus bancos, durísimos, sus sermones, larguísimos, y su ministra, una mujer menuda de pelo negro y risa estridente llamada Annie Bell Driver. Algunos de los congregantes soportaban los bancos sin respaldo y los sermones de tres horas tan solo para poder oír a una mujer hablar del pecado, la condenación y la ira de Dios desde detrás del púlpito de una iglesia. Annie Bell tenía un marido insignificante, tres hijos insignificantes y una hija llamada Ruthie que todo indicaba que iba a ser clavadita a ella.

Cuando las aguas de los ríos empezaron a crecer, Annie Bell Driver abrió las puertas de la Iglesia de la Gracia de Sion para dar refugio a todos aquellos que tuvieran que abandonar sus hogares. Y sucedió que, en aquella parte del pueblo, los primeros en verse expulsados de sus casas fueron las tres familias más ricas de Perdido: los Caskey, los Turk y los De-Bordenave. Las tres familias eran propietarias de los tres aserraderos y de todos los almacenes de madera de Perdido, un pueblo donde la madera constituía la totalidad de la industria.

Así pues, mientras el lodo rojizo del río Perdido iba inundando sus jardines traseros, las tres familias más acaudaladas del pueblo sacaron carros y mulas de sus aserraderos y los llevaron hasta los porches delanteros de sus elegantes casas, donde los cargaron con baúles, barriles y cajas llenas de comida, ropa y objetos de valor. Lo que no cupo en los carros lo trasladaron a las buhardillas. Lo único que dejaron en los pisos inferiores fueron los muebles más pesados, convencidos de que estos iban a sobrevivir a la crecida de las aguas.

Entonces cubrieron los carros con lonas y los condujeron a través del bosque hasta la iglesia. Los miembros de las familias fueron en sus automóviles, mientras los sirvientes los seguían a pie. A pesar de las lonas, de las cubiertas impermeables de los automóviles y de los paraguas y periódicos con los que los sirvientes se tapaban la cabeza, a pesar incluso del espeso dosel del bosque de pinos, al llegar a la iglesia estaban todos empapados por la lluvia.

Dentro de la iglesia habían apartado los bancos y habían llenado el suelo de colchones. Las mujeres blancas se instalaron en un rincón, las criadas negras en otro y los niños en el tercero, mientras que el último quedó reservado para preparar la comida. El refugio era solo para las mujeres y los niños; todos los hombres permanecieron en el pueblo, salvando lo que podían de los aserraderos, ayudando a los comerciantes a trasladar sus mercancías de los estantes inferiores a los superiores, auxiliando a los enfermos y tratando de persuadir a los más reticentes para que se refugiaran en lugares más elevados. Cuando finalmente abandonaron el pueblo a la voluntad de las aguas, los hombres de las familias Caskey, Turk y DeBordenave y los sirvientes varones se instalaron en la casa de los Driver, cien metros por encima de la iglesia. Para los niños, aquella situación era más bien una aventura; para los criados, en cambio, suponía un trabajo aún más pesado y engorroso del que solían hacer; en cuanto a las acaudaladas esposas, madres e hijas de los propietarios de los aserraderos, lejos de protestar por las dificultades y los inconvenientes, o de llorar por sus casas y sus pertenencias, se dedicaban a sonreír a los niños, a las criadas y a las demás mujeres, y a mimar a la pequeña Ruthie Driver. La Iglesia de la Gracia de Sion era su hogar desde hacía cinco días.

El domingo de Pascua por la mañana, Mary-Love Caskey y su hija, Sister, se sentaron con Annie Bell Driver en un rincón de la iglesia; eran las únicas que estaban despiertas. Caroline DeBordenave y Manda Turk estaban al lado, en colchones contiguos, giradas la una hacia la otra y roncando levemente. Las sirvientas dormían con sus hijos en el rincón más alejado, y de vez en cuando se revolvían o soltaban un grito apagado —soñando acaso con la riada o tal vez con alguna serpiente venenosa—, o levantaban la cabeza y miraban a su alrededor con ojos apagados antes de volver a dormirse.

—Acércate a la puerta —le dijo Mary-Love a Sister en voz baja—, a ver si ves a Bray y a tu hermano subiendo por la cuesta.

Sister se levantó, obediente. Era una mujer delgada y angulosa, al igual que su madre, que era viuda. Como la mayoría de las mujeres Caskey, Sister tenía el pelo fino y fuerte, pero de ningún color definido, por lo que era poco distinguido. Aunque solo tenía veintisiete años, todas las mujeres de Perdido (blancas y negras, ricas y pobres) sabían que Sister

Caskey no iba a casarse y que nunca se marcharía de casa.

Los carros que contenían todas las mercancías de los Caskey, los Turk y los DeBordenave estaban aparcados frente a la iglesia y vigilados día y noche por alguno de los criados, armado con una escopeta cargada. El conductor de los DeBordenave estaba dormido en su asiento de la calesa más próxima al camino, y Sister pasó junto a él en silencio, para no despertarlo. Entonces echó un vistazo en dirección a Perdido, escrutando el camino de carros que salía del pinar. El sol acababa de asomar tras los altos pinos y la deslumbraba, pero la luz en el bosque era aún sombría, verde y brumosa. Alargó el cuello hacia un lado y el otro. En la calesa, el conductor se revolvió.

—¿Es usted, señorita Caskey? —preguntó.

—¿Has visto a Bray y a mi hermano?

—No, no los he visto, señorita Caskey.

—Vuelve a dormir entonces. Es la mañana de Pascua.

—¡En verdad el Señor ha resucitado! —proclamó el conductor en voz baja, e inclinó la cabeza sobre el pecho.

Sister Caskey se cubrió los ojos para protegerse del sol matutino, que tenía el color de mantequilla barata. Un hombre y una mujer salieron del bosque atravesando un velo de niebla y se detuvieron un instante en el camino de carros.

—¿Adónde ha ido su hija? —preguntó Annie Bell Driver.

—Pues... —respondió Mary-Love, estirando el cuello—. Le dije que saliera para ver si veía a Oscar y a Bray. Han ido al pueblo para evaluar los daños. Yo no quería, señora Driver; no quería que se subieran a un bote de remos. Desde pequeño Oscar ha estado siempre metiendo los dedos en el agua, como si nada. En el agua no hay más que serpientes y sanguijuelas, lo sé a ciencia cierta, así que le dije a Bray que cuidara de él. Pero Bray nunca presta atención —protestó Mary-Love con un suspiro de pena.

Sister apareció en la puerta.

—¿Los has visto, Sister? —preguntó Mary-Love.

—He visto a Oscar —dijo Sister, vacilante.

—¿Y Bray? ¿Estaba con él? —preguntó Mary-Love.

—A Bray no lo he visto.

—Quiero hablar con Oscar —dijo Mary-Love, levantándose.

—Mamá —dijo Sister—. Oscar iba con alguien.

—¿Con alguien?

—Una mujer.

—¿Qué mujer?

Mary-Love Caskey se acercó a la puerta abierta de la iglesia y se asomó. Vio a su hijo en medio del camino, a unos treinta metros de distancia, hablando con una mujer aún más delgada y angulosa que la propia Mary-Love.

—¿Quién es, mamá? Tiene el pelo rojo.

—No lo sé, Sister.

Annie Bell Driver se detuvo detrás de Mary-Love y de Sister.

—¿Es de Perdido? —preguntó la predicadora.

—¡No! —exclamó Mary-Love sin dudarlo ni un instante—. ¡Nadie en Perdido tiene el pelo de ese color!

Junto al roble siemprevivo donde Bray Sugarwhite había dejado a Oscar Caskey y a la rescatada Elinor Dammert se abría un camino de carros que atravesaba el pinar. El camino pasaba por delante de la Iglesia de la Gracia de Sion y la casa de los Driver, cruzaba Old Federal Road y se acababa cinco kilómetros más adelante, en una plantación de caña de azúcar regentada por los Sapp, una familia negra.

Oscar Caskey era el «primer caballero» de Perdido; incluso en un pueblo tan pequeño, aquella no era una distinción baladí. Era el primer caballero no solo por derecho de nacimiento —como heredero legítimo de los Caskey—, sino también por su aspecto y su porte natural: era alto y anguloso, como todos los Caskey, pero sus movimientos eran más relajados y airosos que los de Sister o su madre. Tenía unos rasgos finos y vivaces, y una forma de hablar elegante y carismática. Sus ojos azules desprendían un brillo especial y parecía estar siempre conteniendo una sonrisa. Sus modales eran siempre los mismos, hablara con quien hablara: trataba con la misma cortesía a la esposa de Bray que al opulento fabricante de Boston que había ido a inspeccionar el aserradero de los Caskey.

Aquella mañana de Pascua, mientras Oscar y Elinor caminaban uno al lado del otro, a sus espaldas el sol se colaba entre las ramas más altas de los pinos. Del lecho de agujas de pino cubierto de rocío se elevaba una nube de vapor que los envolvía. En las leves hondonadas que se extendían a ambos lados del camino, allí donde la capa freática había subido por encima del nivel del suelo, se habían formado charcos enormes, inmóviles y humeantes.

—Eso no es agua de río, sino agua subterránea —señaló Oscar—. Podrías arrodillarte como un perrito y lamerla —añadió, pero de pronto se puso tenso, temiendo que su comentario pudiera haber parecido grosero. Para disimular la posible incomodidad, se volvió de nuevo hacia la señorita Elinor y le preguntó—: ¿Qué bebió mientras estaba en el Osceola? Diría, señorita Elinor, que no es posible beber el agua de una riada sin morir en el acto.

—No he bebido nada de nada —respondió Elinor, a quien no parecía importarle desconcertarlo.

—Señorita Elinor, ¿estuvo cuatro días sin beber?

—Nunca tengo sed —respondió Elinor, sonriendo—. Pero sí tengo hambre —añadió, y se llevó la mano al estómago, como si quisiera acallar sus gruñidos, aunque Oscar no había oído ninguno, y nada en el aspecto de la señorita Elinor hacía pensar que llevase cuatro días sin comer. Caminaron unos metros en silencio.

—¿Qué la ha traído hasta aquí? —preguntó Oscar cordialmente.

—¿A Perdido? He venido a trabajar.

—¿Y a qué se dedica?

—Soy maestra.

—Mi tío es miembro del consejo escolar —dijo Oscar con entusiasmo—. Quizá pueda conseguirle un trabajo. Pero ¿por qué precisamente Perdido? Este pueblo está tan apartado, en el fin del mundo... ¿Quién viene a Perdido si no es para extenderme un cheque a cambio de un cargamento de madera?

—Supongo que me trajo la inundación —se rio Elinor.

—¿Había vivido alguna vez una inundación como esta?

—Sí, muchas veces —respondió ella—. Muchas, muchas.

Oscar Caskey suspiró. Tenía la sensación de que Elinor Dammert se estaba burlando de él. Se dijo que podría encajar bien en Perdido, siempre y cuando su tío lograra encontrarle un trabajo en la escuela. En Perdido todas las mujeres se burlaban de los hombres. Todos esos yanquis que llegaban al pueblo desde el este y se alojaban en el Osceola hablaban con los hombres que regentaban los aserraderos, compraban en las tiendas donde trabajaban los hombres de Perdido e iban a cortarse el pelo a la barbería regentada por un hombre, donde charlaban con los holgazanes, hombres también, que se pasaban la mañana y la tarde allí, sin llegar jamás a sospechar que, en realidad, quienes mandaban en el pueblo eran las mujeres. Oscar se preguntaba si eso ocurría en otros pueblos de Alabama. Era posible, pensó de repente —y le pareció un pensamiento terrible—, que fuera así en todas partes. Pero los hombres nunca hablaban de su falta de autoridad cuando se reunían, nadie escribía sobre ello en los periódicos y los senadores no pronunciaban discursos al respecto en el Congreso... Y, sin embargo, mientras caminaba junto a Elinor Dammert a través del húmedo pinar, Oscar Caskey sospechó que si ella representaba a las mujeres de otros lugares —¡pues de algún sitio tenía que haber salido!—, entonces lo más probable era que los hombres carecieran de autoridad no solo en Perdido, sino también en muchos otros pueblos.

—¿De dónde es? —le preguntó, siguiendo el hilo de su pensamiento.

—Del norte.

—¡No me diga que es yanqui! —exclamó él. Desde luego, el acento de Elinor no chirriaba como el de los norteños: tenía un deje sureño y sus vocales sonaban bastante líquidas a oídos de Oscar. Pero, aun así, había algo peculiar en su forma de hablar, como si Elinor estuviera acostumbrada a un idioma que no fuera el inglés. A Oscar le sobrevino una imagen repentina, tan potente como inverosímil: Elinor acostada en la cama del Osceola, escuchando las voces de los hombres que se alojaban en las demás habitaciones del pasillo, imitando sus patrones y almacenando su vocabulario.

—Del norte de Alabama, quiero decir —puntualizó Elinor.

—¿De qué pueblo? ¿Lo conozco?

—Wade.

—Pues no, no lo conozco.

—Está en el condado de Fayette.

—¿Ha ido a la universidad?

—Huntingdon College. Y tengo un certificado de maestra. Está en la maleta que Bray ha ido a buscar. Espero que no les pase nada a mis maletas, en una de ellas van todas mis credenciales.

Expresó su preocupación en un tono distraído, no como si de verdad le importara lo que pudiera pasarles a sus maletas, sino como si de repente hubiera recordado que debería importarle.

—Bray es un caballero de color que aprendió lo que era la responsabilidad a golpes —la tranquilizó Oscar, llevándose dos dedos a la frente como señalando un lugar concreto en la cabeza—. Cuando era más joven siempre intentaba eludir sus obligaciones, pero lo aticé con un madero, le dejé un buen cardenal en el lugar adecuado, y desde entonces nunca me ha fallado. —De repente, mientras pronunciaba esas palabras, Oscar decidió, en otra parte del cerebro, que podía ser generoso y atribuir fácilmente todo el misterio de la señorita Elinor a la confusión mental lógica que esta debía de sufrir tras haber pasado cuatro días sola en un hotel inundado—. Pero sigo sin entender por qué ha venido ni más ni menos que a Perdido —insistió.

Un velo de niebla se desvaneció ante ellos y, de repente, la iglesia apareció a lo lejos. Vio a Sister de pie en la escalinata, claramente aguardando su regreso.

Elinor esbozó una sonrisa.

—Porque oí que aquí había algo para mí —dijo.

Oscar presentó a Elinor Dammert a su madre, a Sister y a la predicadora de la Iglesia de la Gracia de Sion.

—Este año no hay vigilia pascual —dijo Annie Bell Driver—. Tenemos demasiados problemas en el pueblo. Si mis feligreses pueden dormir aun sabiendo que sus casas y sus bienes están bajo el agua, es mejor que duerman.

—La señorita Elinor vino a Perdido para buscar un trabajo en la escuela para el próximo otoño —dijo Oscar—, pero quedó atrapada en el Osceola cuando el agua empezó a subir. Bray y yo acabamos de encontrarla.

—¿Dónde está su ropa? ¿Dónde están sus cosas, señorita Elinor? —exclamó Sister en tono alarmado y compasivo.

—Debe de haberlo perdido todo —dijo Mary-Love, estudiando el pelo de Elinor—. Las riadas se lo llevan todo por delante. Me sorprende que haya salido con vida...

—No tengo nada de nada —dijo Elinor con una sonrisa que no era ni de valerosa resignación ni de estudiada indiferencia, sino que más bien parecía un intento de aparentar verosimilitud.

—¿De dónde viene? —preguntó Annie Bell Driver. Uno de los niños que dormían en la iglesia, un niño negro, se despertó y se asomó con expresión somnolienta por la puerta principal.

—Me gradué en Huntingdon —respondió Elinor Dammert—. Y vine para dar clase en la escuela del pueblo.

—La escuela está bajo el agua —dijo Oscar, meneando la cabeza con gesto triste—. Ahora ya solo pueden estudiar los besugos.

—Yo vi dos pupitres flotando calle Palafox abajo —intervino Sister Caskey.

—Lo único que salvaron los profesores fueron sus cuadernos de calificaciones —añadió Mary-Love.

—¿Tienen algo de comer? —preguntó Elinor—.

Llevo cuatro días sentada en una cama del Hotel Osceola viendo subir el nivel del agua, sin nada más que una lata de salmón y una caja de galletas. Estoy a punto de desmayarme de hambre.

—¡Lleven a la señorita Elinor adentro! —ordenó Annie Bell Driver.

Sister tomó a Elinor de la mano y la acompañó hasta las escaleras de la iglesia.

—Bray rescató algunas latas de la tienda del señor Henderson cuando ya estaba inundada —dijo Sister—. Pero las etiquetas se han borrado, o sea que no sabemos qué contienen hasta que las abrimos. A veces comemos judías verdes para desayunar y guisantes para cenar; aunque las latas de salmón sí se distinguen, por la forma. ¡Pero desde luego no tiene que comer más salmón si no le apetece!

—Gracias, señor Oscar —dijo Elinor al llegar a lo alto de los escalones—. Por rescatarme.

Oscar la habría seguido dentro, pero su madre le puso una mano sobre el brazo.

—No puedes entrar ahí, Oscar —dijo—. Caroline y Manda aún están en camisón.

Tras ver cómo la señorita Elinor desaparecía en el interior del edificio, Oscar se despidió de su madre y se fue hacia el camino, en dirección a la casa de los Driver. Al pasar frente al conductor dormido se quitó el sombrero con gesto cortés.

Elinor comió salmón y galletas en un rincón de la iglesia. Sentada en el extremo de uno de los bancos, se dedicó a contemplar el pequeño mapa de niños dormidos en el rincón opuesto. Las sirvientas se habían levantado ya y estaban en otro rincón, lavándose y vistiéndose como buenamente podían. Sentada junto a Elinor, Sister Caskey susurraba de vez en cuando alguna pregunta, que la otra mujer respondía también entre susurros.

Caroline DeBordenave y Manda Turk se habían levantado justo a tiempo para ver cómo Sister Caskey entraba en la iglesia acompañada de la forastera. Se vistieron a toda prisa y salieron a interrogar a Mary-Love, que ya las estaba esperando detrás de un carro. Las tres mujeres se enzarzaron inmediatamente en una discusión sobre el pelo rojo y embarrado de Elinor Dammert, y sobre lo peculiar que era que hubiera pasado cuatro días encerrada en el Hotel Osceola.

La única conclusión a la que llegaron fue que, más que peculiar, la situación era francamente misteriosa.

—Me gustaría que Oscar volviera para poder hacerle una o dos preguntas sobre la señorita Elinor —dijo Caroline DeBordenave, una mujer corpulenta, con una sonrisa trémula.

—Oscar no sabrá nada —dijo Manda Turk, una mujer aún más corpulenta cuyo ceño permanentemente fruncido era cualquier cosa menos trémulo.

—¿Por qué no? —preguntó Caroline—. Oscar la

sacó por la ventana del Hotel Osceola y la devolvió a tierra firme... Seguro que intercambiaron unas palabras durante el trayecto.

—Los hombres nunca saben qué preguntar —respondió Manda—. No sacaremos nada interrogando a Oscar. ¿Verdad, Mary-Love?

—Así es —dijo Mary-Love—. Por mucho que sea mi hijo, me temo que así es. Pero Sister está hablando con ella, tal vez logre sonsacarle algo.

—Ahí viene Bray —dijo Manda Turk, señalando el camino que salía del pinar. El sol, cada vez más alto e intenso, seguía levantando nubes de vapor del suelo empapado. El jardinero había aparecido de repente entre la niebla, con una pequeña maleta en la mano derecha.

—¿Esa maleta es tuya? —preguntó Caroline DeBordenave a Mary-Love.

—Pues no —respondió Mary-Love—. Será de la chica.

—¿Es la maleta de la chica, Bray? —preguntó Manda Turk en voz alta.

—Sí —respondió Bray, que dio por hecho que «la chica» solo podía ser la mujer a la que habían rescatado del Osceola.

—¿Qué hay dentro? —preguntó Caroline.

—No lo sé, no la he abierto —respondió Bray, e hizo una pausa—. ¿Está en la iglesia? —preguntó.

—Sí, está desayunando con Sister —dijo Mary-Love.

—Eran dos bolsas —dijo Bray al llegar junto a las tres mujeres.

—¿Y dónde está la otra? —preguntó Caroline.

—¿La has dejado en el bote? —añadió Manda.

—No sé dónde está —dijo Bray.

—¿La has perdido? —exclamó Mary-Love—. Dos maletas, eso es lo único que le queda a la chica en el mundo, ¡y tú vas y pierdes una!

—Se va a enfadar contigo, Bray —dijo Manda Turk—. ¡Te va a arrancar la cabeza de un mordisco!

Bray se estremeció, como si temiera que la predicción fuera a cumplirse literalmente.

—No sé dónde está la otra, señora Turk. El señor Oscar y yo ayudamos a la dama a subir al bote, y entonces dijo que había dos bolsas al otro lado de la ventana. Traje a los dos hasta aquí, y entonces el señor Oscar me dijo: «Bray, vuelve al hotel», así que volví al hotel y metí la mano en la ventana y encontré una bolsa. Una sola bolsa, nada más. ¿Dónde habrá ido la otra? —Ninguna de las mujeres se aventuró a responder a la pregunta de Bray. El hombre le entregó la maleta a Mary-Love— A lo mejor algo sacó la mano desde el agua y la metió por la ventana, encontró la maleta y se la llevó para abajo...

—En esa agua no hay más que gallinas muertas —dijo Manda Turk con desdén.

—Me pregunto qué habrá dentro —reflexionó Caroline, señalando la maleta con la cabeza, pero Mary-Love negó por señas.

—Bray —dijo esta—, ve a casa de la señora Driver y pide algo de comer. Le diré a la señorita Elinor que has hecho lo que has podido.

—Oh, muchas gracias, señora Caskey. Prefiero no hablar con ella...

Se separó del árbol contra el que se había apoyado y se alejó a toda prisa por el camino. Las tres mujeres observaron durante un instante la única pertenencia que le quedaba a Elinor Dammert —una maletita de cuero negro maltrecha y sujeta con correas— y entraron en la iglesia.

Era evidente que a Elinor Dammert no le importaba haber perdido una de sus maletas. No culpó a Bray; no sugirió que tal vez se le había caído al agua y luego había mentido al respecto; no se preguntó si era posible que otra persona en otro bote de remos hubiera pasado por el hotel, hubiera metido la mano y la hubiera robado; no pareció alterarse por haber perdido la mitad de lo poco que le quedaba en el mundo.

—Ahí iban todos mis libros —se limitó a decir—. Y mi certificado de maestra. Y mi diploma de Huntingdon. Y mi partida de nacimiento. Tendré que escribir para conseguir duplicados. ¿Sabe si tardan mucho? —le preguntó a Sister. Esta no tenía ni idea, pero imaginaba que seguramente sí.

—Me gustaría lavarme y cambiarme de ropa —dijo Elinor.

—Aquí no tenemos ningún lugar para eso —dijo Sister—. Traemos el agua del arroyo.

—Ah, claro —contestó la señorita Elinor, como si se conociera cada metro del sistema fluvial.

—El ramal que pasa por detrás de la iglesia —aclaró Caroline DeBordenave, como si la señorita Elinor hubiera preguntado «¿Qué arroyo?», que habría sido lo más lógico—. No lo encontrará a menos que sepa dónde buscarlo.

—¿No se desbordó también? —preguntó Elinor.

—No, señorita —respondió la señora Driver—. El monte aquí es muy empinado y toda el agua baja hasta el río Perdido. El arroyo corre limpio y claro.

—Estupendo —dijo Elinor—, en ese caso iré a darme un baño.

Se levantó de inmediato, y Sister le habría indicado el camino, pero Elinor le aseguró que lo encontraría sin ayuda. Tras pasar sigilosamente entre los niños que aún dormían, salió por la puerta trasera con su vieja maleta negra en la mano. Manda Turk, Mary-Love y Caroline DeBordenave se abalanzaron sobre Sister.

—¿Qué te ha contado? —preguntó Manda, hablando por todas.

—Nada —dijo Sister, y de pronto se avergonzó al darse cuenta de que había fracasado en lo que era evidente que aquellas tres mujeres consideraban su deber—. Le he hablado de la escuela y de Perdido, y ella me ha preguntado por la inundación

47

y demás, por los aserraderos, por quién era quién y todo eso.

—Sí, pero ¿y tú? —preguntó Caroline—. ¿Qué le has preguntado tú?

—Le he preguntado si en algún momento pensó que iba a ahogarse.

—¿A ahogarse? —dijo Mary-Love—. ¡Eres de lo que no hay, Sister!

—¡Si temía ahogarse, estando en el Osceola! —exclamó Sister a la defensiva. Estaba sentada en el extremo del banco, con las tres mujeres de pie ante ella—. Ha dicho que no pasó miedo, ni siquiera un poco; que no se ha ahogado nunca en su vida.

—¿Y eso es todo lo que has logrado averiguar? —la reprendió Manda.

—Eso es todo —dijo Sister, encogiéndose de hombros—. ¿Qué tenía que averiguar? Nadie me ha dicho...

—Tenías que averiguarlo todo —dijo su madre.

Caroline DeBordenave meneó la cabeza lentamente.

—¿No lo ves, Sister?

—¿Qué es lo que tengo que ver?

—Que hay algo que no encaja.

—¡No, que hay algo que apesta! —la corrigió Manda.

—¡Pues no, no lo veo!

—¿Cómo es posible? —dijo Mary-Love—. ¿Pero tú te has fijado en ese pelo? ¿Habías visto alguna vez a alguien con el pelo de ese color? Parece como si se lo hubiera teñido en el agua del Perdido, ¡eso es lo que parece!

Annie Bell Driver sabía perfectamente qué estaba pasando. Había visto cómo las tres mujeres más ricas de Perdido rodeaban a Bray, lo sometían a un interrogatorio acerca de aquella maleta negra y luego acribillaban a preguntas a la pobre Sister. Y también sabía qué buscaban esas preguntas. Mientras Sister trataba en vano de justificarse por no haber sido capaz de averiguar nada sustancial, alegando que no le gustaba fisgonear, Annie Bell Driver se escabulló por la puerta trasera de la iglesia e, impulsada por una motivación que no era exactamente curiosidad, descendió con cautela por la resbaladiza pendiente cubierta de agujas de pino, agarrándose a los troncos de los árboles para no perder el equilibrio. Allí también estaba todo lleno de vapor, que formaba volutas que subían del suelo, de la maleza y de las ramas de los pinos. En la parte del arroyo emanaban poco menos que nubes.

El ramal era estrecho, poco profundo y rápido, y sus aguas cristalinas contrastaban con las aguas oscuras y profundas de los ríos Blackwater y Perdido. El arroyo se abría paso a través del pinar, siguiendo un curso que cambiaba notablemente de un año para otro. A su paso, el agua borraba la alfombra de agujas de pino y dejaba a la vista la suave pizarra que había debajo, trazando canales sobre la piedra y formando islitas de arena y guijarros.

Annie Bell Driver se detuvo junto al ramal —el arroyo era demasiado nuevo como para haber formado una orilla o algo parecido— y recorrió toda su longitud con la mirada. Unos treinta metros más arriba, el curso formaba un meandro y se adentraba en el bosque, y unos quince metros arroyo abajo, se curvaba en dirección opuesta. No veía a aquella mujer de pelo rojo y embarrado por ninguna parte. Annie Bell se preguntó si debería dirigirse río arriba o río abajo, o si era mejor regresar a la iglesia y concederle algo de intimidad a la mujer. Al fin y al cabo, acababa de pasar cuatro días en un hotel medio sumergido, por lo que no habría tenido la oportunidad de lavarse más que en las aguas de la riada, un remedio que no solo no remediaba nada, ya que una terminaba aún más sucia que antes, sino que era directamente insalubre.

Al final Annie Bell decidió seguir la corriente río abajo, pero en cuanto dio media vuelta reparó en la maleta negra de Elinor Dammert en el extremo de un banco de arena situado en el otro margen del río, justo enfrente; no la había visto antes porque se confundía con la vegetación que bordeaba el ramal.

Se le pasó por la cabeza la fugaz idea de que, tras haber sobrevivido a la crecida de los ríos Perdido y Blackwater, Elinor Dammert se había ahogado en aquel arroyo insignificante. Pero entonces se dio cuenta de que, para ahogarse, primero uno tenía que encontrar un lugar lo bastante profundo como para que le cubriera la cabeza, algo que no abundaba en el curso de aquel ramal. De hecho, era tan poco peligroso que Annie Bell nunca había advertido ni siquiera a sus hijos más pequeños cuando iban a bañarse: el agua no cubría tanto como para que se ahogaran y fluía demasiado rápido como para que pudieran criarse serpientes y sanguijuelas.

Pero si su maleta estaba allí y no era posible que se hubiera ahogado, ¿dónde se había metido Elinor Dammert?

Annie Bell Driver dio dos pasos río abajo y estaba a punto de agarrarse a una rama para pasar por encima de un charco cuando de repente se detuvo. Al pisar el suelo, se le hundió el pie y el agua se le empezó a colar por los agujeros de los cordones.

Allí, bajo el agua del arroyo, en una estrecha zanja que parecía excavada a propósito para su cuerpo, yacía Elinor Dammert, completamente desnuda. Se aferraba a unas matas de vegetación con ambas manos, pero estaba inmóvil.

—¡Santo cielo! —exclamó Annie Bell Driver—. ¡Que se ha ahogado!

Se la quedó mirando. El agua era clara y apenas lo bastante profunda como para cubrirla, pero, aun así, provocaba una especie de transformación visual: la piel de la señorita Elinor, vista a través de aquella rápida corriente, parecía correosa, verde, dura... Lo cual resultaba todavía más extraño, pues la señora Driver se había fijado en que la señorita Elinor tenía una piel de una blancura casi transparente. No solo eso, sino que, tal como constató la predicadora con incredulidad, aquel rostro sumergido parecía haber experimentado una metamorfosis deformadora: si antes era atractivo, estrecho y de rasgos finos, ahora parecía ancho, chato y vulgar. La boca se había ensanchado de tal forma que los labios parecían haber desaparecido por completo. Los ojos, bajo los párpados cerrados, se habían convertido en dos grandes cúpulas. Los párpados se le habían vuelto casi transparentes y la línea oscura que los separaba parecía estar pegada al abultado globo ocular, como un ecuador dibujado a lápiz sobre el globo terráqueo de un niño.

No estaba muerta.

Los párpados, finos y tersos, que cubrían aquellas protuberantes cúpulas se separaron lentamente y dos inmensos ojos (del tamaño de unos huevos de gallina, pensó fuera de sí la señora Driver) miraron a través del agua y se encontraron con la mirada de la predicadora bautista primitiva.

Annie Bell Driver se desplomó contra un árbol y la rama alta a la que se había agarrado se partió.

Elinor salió del agua. Los efectos de la transformación que había experimentado al sumergirse se guían presentes, y la señora Driver vio ante sí una criatura inmensa y deforme, de color verde grisáceo, con el cuerpo blando, una cabeza enorme y dos ojos fríos e inmóviles. Las pupilas eran verticales y delgadas, como dos líneas hechas a lápiz. Entonces el agua se deslizó por su cuerpo, de vuelta al arroyo, y la predicadora vio ante ella a Elinor Dammert, sonrojada y sonriendo con timidez, pudorosa ante aquella mujer que la había descubierto sin ropa.

La señora Driver respiró profundamente.

—Estoy mareada... —susurró.

—¡Señora Driver! —exclamó la señorita Elinor—. ¿Se encuentra bien?

Era como si el barro hubiera desaparecido de su pelo, que de pronto era de un rojo oscuro e intenso, como un banco de arcilla iluminado por el sol después de una tormenta de julio. Para los habitantes de Perdido no había nada más rojo que eso.

—Estoy bien —dijo Annie Bell Driver con un hilo de voz—. Pero, por Dios, ¡me ha asustado! ¿Qué hacía bajo el agua, muchacha?

—¡Ah! —respondió Elinor en tono ligero—. Después de sobrevivir a una riada no hay mejor forma de limpiarse. ¡Sé de lo que hablo, señora Driver!

Entonces dio un paso río arriba, hacia el banco de arena donde había dejado la maleta. Si la señora Driver no hubiera seguido tan mareada, habría jurado que, cuando la señorita Elinor sacó el otro pie del arroyo, este no era blanco y delgado, como el que ya estaba en la arena, sino que tenía un aspecto totalmente diferente: ancho y plano, verdoso y palmeado.

«¡Solo ha sido el efecto del agua!», se dijo Annie Bell Driver, cerrando los ojos con fuerza.

2

Las aguas vuelven a su cauce

James Caskey, tío de Oscar y cuñado de Mary-
Love, era un hombre tranquilo, sensible y detallista,
a quien los problemas asaltaban con facilidad y no
abandonaban sino de mala gana. Era delgado («huesudo», decían algunos), apacible y tirando a acomodado, al menos para los estándares de un pueblo de
un condado pobre, en un estado humilde. Estaba in-
felizmente casado, pero su esposa Genevieve, para
alivio de Perdido, pasaba la mayor parte del tiempo
en Nashville, con una hermana casada. James tenía
una hija de seis años llamada Grace, pero aun con
esposa e hija lo acompañaba la reputación de estar
marcado por «el sello de la feminidad». Vivía en la
casa que su padre había construido en 1865. Se trataba de la primera casa importante levantada en Perdido, aunque para los estándares de la época era más
bien modesta: apenas dos salones, un comedor y tres
dormitorios, todo ello en la misma planta. La cocina, originalmente una construcción independiente,
se había anexionado a la casa a través de un ala que

contenía también una habitación infantil, una sala de costura y dos baños. Aunque era una casa hecha a la antigua, con techos altos, grandes habitaciones cuadradas, chimeneas de ladrillo y revestimientos de madera oscura, la madre de James había tenido buen gusto y el lugar estaba bien amueblado. Pero ahora James no sabía qué quedaría en la casa, después de siete días sumergida bajo las fangosas aguas del río Perdido. Cuando Bray lo llevó a remo por el pueblo, James Caskey solo logró identificar el lugar donde se encontraba su casa guiándose por la casa de Sister, que estaba al lado (y que tenía dos pisos), y por la chimenea de ladrillo de la cocina, que era más alta que las de los salones.

En realidad James no había pensado demasiado en el contenido de la casa, aunque adoraba cada uno de los muebles y pertenencias de su madre. No, solo podía pensar en el aserradero, cuyas pérdidas, ya fueran definitivas o solo temporales, supondrían un verdadero problema para toda la comunidad. El aserradero de los Caskey —propiedad de James y Mary-Love, y que dirigían conjuntamente James y Oscar, el hijo de Mary-Love— daba trabajo a trescientos treinta y nueve hombres y veintidós mujeres, blancos y de color, con edades que iban desde los siete hasta los ochenta años. (Ambas franjas representadas por un bisnieto y un tatarabuelo que estampaban el trébol de los Caskey en los tablones de más calidad que producía la empresa: los de nogal pecano, roble, ciprés y cedro.) Si el negocio no volvía a estar operativo enseguida, esas trescientas sesenta y una personas iban a pasar serias dificultades, por lo que James Caskey le pidió a Bray que lo llevara a remo hasta el aserradero aún sumergido para ver qué se podía hacer, si es que se podía hacer algo.

James Caskey tenía una complexión desvencijada que lo hacía parecer frágil, una impresión general causada por sus movimientos, habitualmente lentos y pausados, y que transmitían (en la medida en que eso era compatible con un cuerpo con tendencia a los gestos abruptos) una elegancia vagamente flácida. Desde luego, James nunca había pasado mucho tiempo en los bosques de la familia, y todos sospechaban que no sabía tanto de árboles como debería esperarse de un Caskey. Su aversión a vagar por los bosques, a que se le ensuciaran las botas, a que las zarzas le rasgaran los pantalones y a toparse con serpientes de cascabel era de sobra conocida. En cambio, era un espléndido trabajador en la oficina, y no había en todo el pueblo nadie capaz de redactar una carta más sutil y un contrato más sólido que los suyos. Cuando Perdido propuso su incorporación a la cámara legislativa estatal, James Caskey representó al pueblo ante la asamblea, y al final de su soberbio discurso, todos los presentes se preguntaron cómo era posible que aquel hombre no se dedicase desde siempre a la política.

Cuando finalmente James pudo echar un vistazo al aserradero, constató que los almacenes de los Caskey se encontraban en unas condiciones deplorables. Incluso los edificios que estaban cerrados habían quedado arruinados, pues el agua había empapado la madera, que se había doblado y deformado. La mercancía que tenían almacenada en los cobertizos abiertos se había alejado flotando hasta Dios sabe dónde. Todo parecía indicar que había perdido las existencias al completo. Las oficinas también habían quedado destrozadas, pero James había tenido la sensatez de cargar todos los documentos recientes a dos carros y trasladarlos a un terreno más elevado. Los papeles se encontraban ahora a buen recaudo, cubiertos de heno en el granero de un agricultor de patatas, pero el aserradero había perdido todos los registros anteriores al año 1895. Aunque la situación de Tom DeBordenave, que había optado por salvar la madera en lugar de los documentos, era todavía peor. La madera se había perdido de todos modos, ya que la riada había arrastrado también el granero donde estaba almacenada, y además no conservaba ningún registro de las facturas pendientes ni de los pedidos futuros, ni siquiera de las direcciones de sus mejores clientes del norte.

Después de un par de horas remando inútilmente alrededor del aserradero sumergido y de apiadarse de Tom DeBordenave, que estaba evaluando los daños en su propiedad contigua desde otro bote verde, James Caskey le pidió a Bray que lo llevara de vuelta, más allá de su casa sumergida y hasta la pista forestal que conducía a la Iglesia Bautista de la Gracia de Sion. Evidentemente, tanto su sobrino como el jardinero de los Caskey ya habían relatado la extraña aparición de la mujer pelirroja en el Hotel Osceola. James sentía algo más que simple curiosidad por conocerla. Hacía tantos días que en Perdido no se hablaba de otra cosa que no fuera la inundación que se alegró de encontrar un tema de conversación que no tuviera nada que ver con el agua.

La señorita Elinor había pasado la noche en la Iglesia Bautista de la Gracia de Sion, o eso le había contado Bray, que había tenido que llevar otro colchón desde la casa de Annie Bell Driver. James Caskey esperaba encontrar a la señorita Elinor sentada frente a la iglesia: eso le ahorraría el subterfugio de tener que entrar a buscar a Mary-Love o a Sister o a su hija y poco a poco reconducir la conversación para que por fin le presentaran a aquella joven.

Bray amarró el bote verde a la raíz de un árbol que se alzaba en el límite de la zona inundada. El agua había descendido ya hasta tal punto que, cuando bajaron a tierra firme, todavía alcanzaban a ver la casa de Mary-Love en la linde del pueblo. El señor James y Bray cruzaron con paso ligero el bosque mullido y húmedo.

Tras unos minutos de silencio, Bray, que iba por un lado del camino mientras el señor James iba por el otro, aventuró que este haría bien en «ignorar a la señorita».

—¿Por qué dices eso? —preguntó James con curiosidad.

—Lo digo porque sé lo que digo.

Pero James se encogió de hombros.

—Bray, no creo que sepas de qué estás hablando.

—¡Que sí, señor James! ¡Lo sé! —insistió Bray, pero la conversación había terminado. El señor James no tenía intención de alargarla pidiéndole a Bray detalles concretos, y Bray no iba a ofrecer ninguna información sólida sobre la señorita Elinor por la sencilla razón de que no la tenía. Tampoco pensaba compartir ninguna de sus sospechas, que eran notablemente vagas y que —si al final resultaba que la señorita Elinor no era más que lo que quería aparentar— solo iban a hacerle quedar mal.

Después de tanto rato navegando por las frías aguas de la riada, el bosque parecía un lugar cálido, seco y seguro. James Caskey caminaba sonriente y volvió la cabeza al oír el canto de unas codornices, tratando de avistarlas sin éxito.

—Ahí la tiene —dijo Bray con un ronco susurro cuando la Iglesia de la Gracia de Sion apareció ante ellos. Elinor Dammert estaba sentada en la escalinata de la iglesia y tenía a Grace, la hija de James, acurrucada en su regazo; era casi como si lo hubiera estado esperando y se hubiera procurado la compañía de Grace para facilitar su encuentro.

Bray se marchó deprisa hacia la casa de los Driver, mientras James, tras agradecerle todas las molestias que se había tomado por él aquella tarde, subió hasta la iglesia y se presentó a Elinor Dammert.

—Ha elegido un mal momento para visitar Perdido —le dijo—. Podemos ofrecerle una hospitalidad francamente limitada.

Elinor sonrió.

—Hay cosas peores que un poco de agua.

—¿Le molesta la niña? Grace, ¿estás molestando a la señorita Elinor?

—No, ni mucho menos —dijo Elinor—. A Grace le gusto bastante.

Grace se abrazó al cuello de Elinor para demostrarle a su padre lo mucho que le gustaba la joven.

—Oscar me ha contado que perdió todo su dinero en la riada.

—Pues sí. Lo llevaba en la maleta, junto con mis certificados y diplomas.

—Es una verdadera lástima. Culpa de Bray. Pero por lo menos podremos comprarle un billete para el Humming Bird de vuelta a Montgomery.

—¿Montgomery?

—¿No es de donde viene?

—Estudié allí, en Huntingdon College, pero en realidad soy de Wade, en el condado de Fayette.

—Pues de vuelta a Wade, entonces —dijo James

con una sonrisa—. ¿Y Grace? ¿No quiere saludar a su papá? —añadió, abriendo los brazos con un gesto brusco, como un niño haciendo gimnasia.

—¡No! —gritó Grace, aferrándose aún más a Elinor.

—Me da la impresión de que usted cree que alguien me espera en algún sitio... —dijo Elinor por encima del hombro de Grace.

—En Wade, ¿no?

—Mi familia era de allí, sí. Pero ya han muerto todos —dijo Elinor Dammert, abrazando a la niña con más fuerza.

—Lo siento. ¿Y qué piensa hacer, entonces? —preguntó solícitamente James Caskey.

—Vine a Perdido porque oí que había una plaza en la escuela. Si es así, entonces me quedaré a ejercer de maestra.

—Sabes a quién deberías preguntárselo, ¿no? —dijo Grace desde dentro de aquellos brazos que la rodeaban.

—¿A quién debería preguntárselo, Grace? —dijo James.

—¡A ti! —exclamó la niña, que acto seguido se volvió hacia Elinor—. Papá es el jefe del consejo escolar.

—Así es —dijo James—. O sea que debería preguntármelo a mí.

—Pues eso es lo que haré: he oído que había una vacante.

—No la había —dijo James—, por lo menos antes de la riada.

—¿Qué quiere decir?

—Edna McGhee era la maestra de cuarto... Creo que llevaba ya seis años dando clase a cuarto curso, pero anteanoche me dijo que ella y Byrl se iban a ir del pueblo, que no piensan esperar a que la próxima inundación nos arrastre a todos hasta Pensacola sentados en un sillón. Así que, si Edna y Byrl se van del pueblo, no tenemos a nadie para la clase de cuarto.

—Me tienen a mí —dijo Elinor—. Estaría encantada de ser la maestra de cuarto. Pero le recuerdo, señor Caskey, que he perdido todos mis certificados y mi diploma...

—Bueno —dijo James con una sonrisa—, pero eso fue culpa nuestra, ¿no? ¿No es así, Grace?

Grace asintió vigorosamente con la cabeza y se abrazó al cuello de Elinor.

James se quedó una hora más en la iglesia. Habló un momento con Mary-Love sobre el estado del aserradero, pero sobre todo estuvo conversando largo y tendido —y congeniando, sin duda— con la señorita Elinor, que no soltaba a la pobre Grace. James solo se despidió de ella (con bastantes reticencias) cuando Tom DeBordenave y Henry Turk enviaron a un hombre a buscarlo. Los propietarios de los tres aserraderos tenían que ponerse de acuerdo en los siguientes pasos a seguir. Mary-Love le dijo a Sister que era un verdadero escándalo que, cuando por fin se había marchado, James dejara a su hija al cuidado de aquella pelirroja desconocida, más aún teniendo en cuenta que tanto su cuñada como su sobrina estaban disponibles.

—¡Pero fíjate en Grace, mamá! —dijo Sister—. ¡No deja a la señorita Elinor ni a sol ni a sombra! ¡La señorita Elinor ha encontrado a una amiga para toda la vida!

Mary-Love, que ni la noche anterior ni esa misma mañana había mostrado el menor deseo de intimar con la señorita Elinor, ahora apenas habló con la joven. Y tampoco habría permitido que Sister lo hiciera si el deseo de obtener información concreta sobre sus antecedentes e intenciones no hubiera sido de una relevancia abrumadora. Cuando Sister le llevó a su madre la noticia (sonsacada en un rincón de la iglesia y transmitida en otro) de que James iba a intentar conseguir una plaza en la escuela para la señorita Elinor, Mary-Love suspiró y se sentó en el banco de madera con el aspecto y la actitud de un boxeador al que acabaran de noquear de un solo puñetazo.

—Ay, Sister —dijo Mary-Love con voz baja y quejumbrosa—, sabía que pasaría esto...

—¿Que pasaría qué, mamá?

—Que acabaría abriéndose camino, como una lombriz. Que cavaría y cavaría hasta hundirse en el lodo de Perdido, de donde no podrían sacarla ni aunque diecisiete hombres le echaran una soga al cuello... ¡Y ojalá la llevara! ¡Ojalá llevara una soga al cuello!

—¡Mamá! —exclamó Sister, apartando la mirada hacia donde Elinor estaba sentada, hablando con gran recato con la señora Driver y sosteniendo aún a Grace Caskey en su regazo—. ¡Estás siendo muy dura con ella, y no creo que se lo merezca!

—Tú espera, Sister —dijo Mary-Love—. Espera y, dentro de seis meses, volvemos a hablar.

Aquella noche —no muy tarde, pues había tantas cosas que debían hacerse de día que todo el mundo se iba a dormir temprano—, Oscar Caskey y su tío James se echaron juntos en la cama que habitualmente ocupaban Annie Bell Driver y su insignificante marido. La casa de los Driver estaba atestada de hombres, de color y blancos, algunos muy acomodados y otros muy pobres, algunos muy viejos y otros bastante jóvenes (aunque los niños se habían instalado con sus madres en la iglesia), de modo que había colchones y ronquidos a mansalva en todas las habitaciones.

Dos de los hijos de la señora Driver estaban dormidos en el suelo, a los pies de la cama de sus padres, respirando ruidosamente por la boca, de modo que cuando Oscar se incorporó sobre el codo para hablar con su tío, lo hizo entre susurros.

—¿Qué vas a hacer con la señorita Elinor? —preguntó—. Mamá me ha dicho que has pasado la mañana con ella. «Toda la mañana», concretamente.

—Bueno, es una buena chica —dijo James—. Y me siento mal por lo que le ha pasado. Atrapada en el Osceola, sin maleta, sin dinero, sin certificado, sin trabajo, sin ningún lugar donde ir... Está en una situación tan precaria como cualquiera en este pueblo; de hecho, está peor que la mayoría.

—Sí, ya lo sé —dijo Oscar en voz baja—. No entiendo por qué mamá le ha cogido tanta antipatía. Pone las cosas aún más difíciles.

—Mary-Love no quiere que la ayude —confesó James, dando golpecitos con un dedo huesudo sobre la almohada de Oscar, junto a la nariz de este—. No quiere que vuelva a dirigirle la palabra a la señorita Elinor.

—Pero algo vas a hacer, ¿no es así, James?

—¡Pues claro que sí! Le voy a conseguir un trabajo. En septiembre empezará a dar clase. De hecho, es posible que tenga que empezar en cuanto volvamos a abrir la escuela; dudo que Byrl y Edna McGhee intenten limpiar su casa, aunque no creo que haya más de medio metro de barro en el suelo de la cocina. Edna tiene familiares en Tallahassee que los acogerán a ella y a Byrl sin pensarlo, por lo que, si se van, la señorita Elinor podrá empezar en la escuela de inmediato.

—Bueno, eso está bien —dijo el más joven mientras miraba la luna creciente detrás de su tío, al otro lado de la ventana—. Pero ¿dónde va a vivir? No puede volver al Osceola: cuesta dos dólares al día y una maestra de cuarto no gana tanto. No puede gastar dos dólares y además comprar comida...

—Ya lo he pensado, Oscar —dijo James—. Y he decidido que se quede con Grace y conmigo.

—¿Cómo? —exclamó Oscar a un volumen tan alto que los jóvenes Driver dejaron de roncar por un momento, como para oír mejor, o quizás para incorporar aquella exclamación a sus sueños—. ¿Cómo? —repitió en un tono mucho más bajo cuando los chicos reanudaron los ronquidos.

—Cuando tengamos la casa limpia, quiero decir —dijo James—. Grace quiere mucho a la señorita Elinor, y eso que solo la conoce desde ayer por la mañana.

—Pero ¿va a vivir contigo?

—Tenemos sitio —dijo James—. Y Grace la adora...

—¿Y qué hay de Genevieve, James? ¿Qué crees que dirá Genevieve cuando vuelva de Nashville y se encuentre a la señorita Elinor sentada en el porche, con Grace en su regazo?

James Caskey se dio la vuelta, haciendo oídos sordos de su sobrino.

—¿Qué le vas a decir a Genevieve, James? —insistió Oscar en un susurro—. Y, ya que estamos, ¿qué le vas a decir a mamá?

—¡Dios mío! —dijo James al cabo de un rato, estirando las piernas hasta tocar los barrotes de hierro a los pies de la cama—. ¿Tú no estás cansado, Oscar? ¿No estás agotado? Porque yo sí. Tengo que dormir o por la mañana no habrá quien me levante.

Un sol tórrido y radiante brilló durante todo el día de Pascua y los tres días siguientes. Las aguas de la riada se evaporaron, se dirigieron hacia el golfo de México o se perdieron bajo la tierra empapada.

Los habitantes de Perdido descendieron de las zonas más elevadas del pueblo hasta las puertas de sus casas, donde descubrieron que el lodo lo había invadido todo y que sus muebles más elegantes y pesados habían flotado hasta el techo. Más tarde, cuando el agua se retiró, quedaron convertidos en un amasijo de maderas esparcidos por el suelo. La riada se había llevado la argamasa de los cimientos de ladrillo, y absolutamente todos los tablones que había tocado el agua estaban deformados. Muchos porches se habían derrumbado. En los patios delanteros de todas las casas, las extremidades tiesas de cerdos y terneros asomaban entre el lodo. Había pollos ahogados en las escaleras. Toda la maquinaria estaba atascada por el barro, y aunque un batallón de pacientes muchachas de color se aplicaron en las tareas de limpieza, nunca lograron quitarlo del todo. Bombonas de butano y bidones de aceite habían salido flotando de los almacenes de los aserraderos y habían reventado las ventanas de las casas, como si quisieran provocar el mayor daño posible. La mitad de las vidrieras de las iglesias estaban destrozadas. En los estantes de los respaldos de los bancos, los himnarios se habían empapado tanto que, al expandirse, habían partido la madera. Los mecanismos del nuevo órgano de la iglesia metodista estaban llenos de barro. No había una sola tienda de la calle Palafox que no hubiera perdido todo su stock. Y no había un solo metro cuadrado de propiedad en todo el pueblo que no apestara: a lodo, a muerto y a ropa podrida, a madera podrida y a comida podrida.

La Guardia Nacional y la Cruz Roja habían acudido a la zona antes de que las aguas retrocedieran y habían llevado mantas, latas de carne de cerdo, judías, periódicos y medicinas a los campamentos de las afueras. La Guardia Nacional permaneció en el pueblo una semana más que la Cruz Roja y ayudó a los trabajadores de los aserraderos a retirar los escombros más voluminosos. James Caskey, Tom DeBordenave y Henry Turk calcularon que los tres aserraderos juntos habían perdido un millón y medio de pies tablares de pino, que habían terminado deformados, en el golfo de México o simplemente podridos en el fondo del bosque sumergido que rodeaba Perdido.

Pero la parte más perjudicada del pueblo era Baptist Bottom. La mitad de las casas habían quedado destrozadas y el resto estaban gravemente dañadas. Las familias negras, que ya antes de la inundación tenían poco, ahora no tenían nada de nada. Esos desafortunados propietarios fueron los primeros en recibir ayuda. Mary-Love, Sister, Caroline De-Bordenave y Manda Turk pasaron el día entero en la iglesia bautista Betel alimentando a los niños de color con arroz y melocotones, a pesar de que podrían haber estado en sus casas, supervisando las tareas de limpieza.

El agua había provocado algunos daños en las casas de los trabajadores, pero en general estaban intactas. Las de los comerciantes, dentistas y jóvenes abogados, construidas en los terrenos más elevados de Perdido, habían salido mejor paradas: en algunas, la riada apenas había dejado treinta centímetros de agua sobre las alfombras y ni siquiera había llegado a mover las sillas.

Las casas de los propietarios de los aserraderos, construidas cerca del río, habían sufrido desperfectos, desde luego, pero la crecida había alcanzado apenas unos pocos centímetros por encima del primer piso, de modo que la mayoría de los enseres domésticos que habían almacenado allí habían resultado indemnes. En cambio, todo parecía indicar que la casa de una sola planta de James Caskey había quedado totalmente destrozada. Estaba construida en una ligera depresión, más cerca del río que cualquier otra casa de la calle, por lo que había permanecido más tiempo que las demás bajo las aguas. Había sido la primera en inundarse y la última en secarse.

Los edificios de la escuela, situados junto al río, al sur del Hotel Osceola, también habían sufrido desperfectos considerables, hasta el punto de que el consejo escolar decidió cancelar el resto del curso, a pesar de que todavía quedaba un mes de clase. Los niños, inesperadamente liberados de sus obligaciones académicas, vieron cómo les ponían escobas y cubos igual de inesperados en las manos y los mandaban a cumplir con su parte para que la escuela pudiera volver a la normalidad. Sin embargo, aunque Edna McGhee y su marido se habían marchado de Perdido y ahora enviaban postales desde Tallahassee con cierta regularidad, a Elinor aún no la habían llamado para ocupar su puesto. Por recomendación de James Caskey, el consejo escolar la había aceptado por unanimidad, y ni siquiera había considerado necesario escribir al Huntingdon College para obtener una copia de su certificado. Después de todo, la joven había perdido sus credenciales en la inundación, junto con otras muchas de sus pertenencias, por lo que el consejo escolar consideró que exigir en nombre de Perdido que Elinor Dammert presentara lo que el Perdido se había llevado era como echar sal a la herida.

Pero durante los meses que siguieron a la inundación se hizo evidente que, por mucho empeño que pusieran, había cosas que no tenían remedio. Lavar las latas de comida bajo el agua del grifo, por ejemplo, no protegía del todo contra el botulismo (o así se lo había advertido la Cruz Roja), de modo que fue necesario deshacerse de todas las existencias de las dos tiendas de comestibles y de la tienda de alimentos selectos justo en un momento en el que la comida no abundaba como de costumbre. Trasladaron enormes montones de madera deformada, procedente de los tres astilleros, hasta el pantano de cipreses situado ocho kilómetros al noreste de Perdido, donde nacía el río Blackwater, y la dejaron allí para que se pudriera y no estorbara, aunque el otoño siguiente descubrieron que alguien se había dedicado a arrastrar laboriosamente muchos de esos troncos de vuelta a Perdido para reconstruir Baptist Bottom, cuyas casas, por efecto de las tablas combadas, parecían más torcidas que nunca. Hubo que tirar unas cuantas alfombras buenas porque era imposible limpiar las manchas de lodo. Libros, documentos y cuadros —incluidos los que se encontraban por encima del nivel de la crecida— habían quedado también severamente dañados por el agua, y solo se conservaron los imprescindibles, como las escrituras del ayuntamiento y las recetas de la farmacia.

Pero la riada también había tenido su lado positivo, dirían más tarde. El suministro de agua del pueblo estuvo cortado durante varios días, y al darse cuenta de lo anticuado que había quedado el sistema de suministro, los habitantes de Perdido aprobaron inmediatamente un gasto de cuarenta mil dólares para construir una nueva estación de bombeo en la hectárea de tierra más cercana que no se había inundado. Los patios de todas las casas habían quedado destrozados y la riada se había llevado por delante la mayoría de las calles, por lo que parecía el momento oportuno para instalar un sistema de alcantarillado moderno. Así pues, con dinero prestado por los propietarios de los tres aserraderos, se instalaron alcantarillas nuevas en todo el municipio; ni siquiera Baptist Bottom quedó al margen de las mejoras, y por primera vez el pueblo dispuso de farolas que por la noche iluminaban los tejados de hojalata de las casuchas.

Fuera del pueblo todo el mundo se olvidó de Perdido. Todo el mundo excepto el legislador del condado de Baldwin, que intentó conseguir varios préstamos en Montgomery, sin éxito. Además, varias empresas de Massachusetts y Pensilvania que tenían pedidos pendientes con alguno de los aserraderos de pronto se enteraron de lo mucho que iban a tardar en recibir la madera. Pero los efectos de la riada se dejarían notar durante mucho tiempo en Perdido, hasta meses y meses después de que las aguas se hubieran retirado, hasta después incluso de haber instalado el nuevo alcantarillado y de que la nueva estación de bombeo extrajera el agua más fría y dulce que nadie en el pueblo hubiera probado jamás. Al parecer, el hedor de una inundación nunca llegaba a desaparecer del todo. Incluso después de barrer el fango de las casas, de limpiar las paredes, de poner alfombras nuevas, de comprar muebles nuevos y de colgar cortinas nuevas, incluso después de retirar y quemar todos los objetos que habían quedado arruinados, de eliminar de los patios las ramas rotas y los cadáveres putrefactos de animales y de que la hierba empezara a crecer de nuevo, Perdido subía las escaleras a última hora de la noche, se detenía con una mano en la barandilla y, bajo el aroma del jazmín y las rosas del porche, bajo el olor agrio de los restos de la cena que aún quedaban en la cocina y bajo el almidón del cuello de su camisa, percibía aún el efluvio de la riada. El agua se había filtrado entre las tablas y en las vigas, y hasta en los ladrillos de las casas y otros edificios. De vez en cuando, ese olor le recordaba a Perdido no solo la desolación que había experimentado, sino también la desolación que podía volver a abatirse sobre el pueblo en cualquier momento.

3

Roble acuático

Durante los cinco días que pasó en la Iglesia de la Gracia de Sion, la señorita Elinor trató de mostrarse lo más útil posible: cuidaba a los niños, cocinaba un poco, limpiaba la iglesia o lavaba la ropa de cama, todo ello sin quejarse lo más mínimo. Se había ganado la admiración de todo el mundo menos de Mary-Love, cuya antipatía hacia la señorita Elinor era ya objeto de algún que otro comentario. A falta de una razón mejor, muchos la atribuían al orgullo familiar: Mary-Love había visto cómo la señorita Elinor se ganaba el afecto de Grace y la estima de James Caskey, algo que intuía como un elemento capaz de perturbar la armonía familiar. Por lo menos esa era la posibilidad menos ilógica, aunque no dejaba de ser una hipótesis; lo más probable era que la verdadera causa fuera algo completamente distinto. A nadie se le ocurrió preguntarle a la propia Mary-Love por qué no le gustaba la señorita Elinor, aunque esta tampoco habría sabido qué responder: a decir verdad, no lo sabía. Era ese pelo rojo, se decía Mary-

Love, confusa. Aunque en realidad no se trataba solo de eso: era también por su aspecto, por su forma de hablar y de comportarse, por cómo levantaba a Grace del suelo, por cómo se había hecho amiga de la señora Driver e incluso había aprendido a distinguir entre Roland, Oland y Poland Driver, los tres insignificantes hijos de la predicadora. ¿Quién había hecho eso antes? ¿Quién invertía tanta energía en una comunidad extraña si no tenía algún propósito oculto? Aunque, por otro lado, ¿cuál podía ser el propósito de la señorita Elinor?

—Lo siento por esa niña —sentenció Mary-Love mientras se mecía junto a Sister en el porche delantero. Observaba la casa de James a través de una cortina de camelias de aspecto moribundo, atenta a si Elinor Dammert aparecía en alguna de las ventanas. Hacía ya casi dos semanas que Mary-Love y Sister habían vuelto a su casa, y el hedor de la inundación todavía no se había disipado.

—¿Qué niña, mamá?

Sister estaba bordando una funda de almohada con hilo verde y amarillo. ¡Habían perdido tanta ropa blanca!

—La pequeña Grace Caskey, ¿qué niña va a ser? ¡Tu prima pequeña!

—¿Por qué te da pena Grace? Mientras Genevieve ande lejos, estará bien...

—A eso me refiero —dijo Mary-Love—. James se ha librado de esa mujer a todos los efectos, y doy gracias por poder decirlo. Para empezar, James no debería haberse casado nunca. No está hecho para el matrimonio, y debería haberlo sabido como lo sabía todo el mundo. Cuando se supo que James Caskey regresaba a Perdido con una esposa en el mismo coche-cama se quedaron todos con la boca abierta. A veces pienso que tal vez James fue listo y firmó un papel con Genevieve donde ponía que esta vendría a Perdido, se quedaría embarazada, le daría un bebé y luego se volvería a marchar para siempre. No me sorprendería nada que tu tío enviara cada mes un cheque a la licorería de Nashville para que Genevieve tenga siempre una cuenta abierta. ¡Esa viviría en la Cochinchina, si le abriera una cuenta en una licorería de allí!

—Mamá —dijo Sister con tono paciente—, no he oído hablar de ese lugar en la vida.

Madre e hija tenían la costumbre de adoptar posturas enfrentadas ante cualquier situación: si Mary-Love estaba agitada, Sister permanecía tranquila; si Sister se indignaba, Mary-Love se volvía conciliadora. Era una actitud que habían desarrollado a lo largo de los años, y era ya algo tan natural para ellas que les salía sin pensar, incluso sin querer.

—Me lo he inventado. Pero, Sister, James se deshizo de esa mujer. No sabemos cómo, solo agradecemos que así fuera. Pero ¿qué hace a la primera oportunidad que se le presenta?

—¿Qué hace?

—¡Buscarse a otra igual de mala!

—¿La señorita Elinor? —preguntó Sister con una voz que sugería que no creía que la comparación estuviera justificada.

—Sabes perfectamente a quién me refiero, Sister. Mecerse en el porche delantero no era nada fácil ahora que tantas tablas del suelo se habían deformado. La tienda de artículos de fantasía de Grady Henderson había conseguido un cargamento de velas perfumadas que se agotaron en un abrir y cerrar de ojos. Una de ellas ardía en aquel momento en un platito colocado en el suelo, entre Mary-Love y Sister; su aroma avainillado cubría en parte el olor a rancio del lodo que se había asentado alrededor de la casa. Bray y tres hombres del aserradero, que aún no había entrado de nuevo en funcionamiento, se dedicaban regularmente a remover la tierra del patio delantero y a enterrar todo lo que había dejado la riada a su paso.

—Mamá, tienes una voz bastante estridente. ¡A ver si te va a oír la señorita Elinor!

—No me oirá a menos que esté escuchando en la ventana —replicó Mary-Love, con voz aún más alta—. ¡Lo cual no me extrañaría lo más mínimo!

—Pero ¿qué es lo que no te gusta de ella? —preguntó Sister con dulzura—. A mí me gusta. Si te soy sincera, no veo ninguna razón para que no me guste, mamá.

—Pues yo sí. Veo todas las razones del mundo

—espetó Mary-Love, y a continuación hizo una pausa—. Es pelirroja —añadió.

—Hay mucha gente pelirroja. El pequeño de los McCall, ese chico con el que iba a la escuela, ¿recuerdas? El que murió en Verdun el año pasado. Era pelirrojo. Y me dijiste que te gustaba.

—¡Pero no era como esta mujer, Sister! ¿Tú habías visto alguna vez un color como el suyo? ¿Un color como el del lodo de Perdido? Porque yo no. Además, no es solo por el pelo rojo.

—¿Por qué es, entonces?

—¿De dónde ha salido? ¿Y por qué ha venido a Perdido? ¿Qué es lo que quiere? ¿Cómo consiguió que James le pidiera que se fuera a vivir con él? ¿Alguna vez le ha pedido James a alguna otra joven que se siente a su mesa?

—No, mamá, por supuesto que no. Pero la señorita Elinor ya respondió a todas esas preguntas. Y Oscar te trasladó todas las respuestas: vino del condado de Fayette y llegó para dar clase en el colegio. Se enteró de que había una vacante.

—¡No había ninguna!

—En su momento se equivocó, mamá, pero ahora sí hay un puesto libre. La señora McGhee ya ha enviado tres postales desde Tallahassee, o eso he oído.

—Un puesto que ha creado ella misma.

—¡Mamá! ¿Cómo puedes decir eso? Lo creó la riada. ¡Lo que dejó una vacante en el aula fue el agua!

Mary-Love frunció el ceño y se levantó de la mecedora.

—Hace diez minutos que no la veo pasar por delante de ninguna ventana. ¿Qué estará haciendo ahí dentro? ¡Apuesto a que está saqueando los cajones!

—Está ayudando a limpiar. James me dijo que nunca había visto a nadie trabajar con tanto ahínco en una casa que no fuera suya.

Mary-Love se sentó de nuevo y empezó a tejer frenéticamente con la aguja.

—¿Sabes lo que pienso, Sister? Pienso que va a intentar convencer a James de que se divorcie de Genevieve para así poder convertirse en la mujer de la casa. Por eso trabaja tanto, porque cree que va a ser suya. ¡Un divorcio! ¿Te imaginas, Sister?

—Pero si no soportas a Genevieve, mamá...

—Eso no quiere decir que crea que James debe divorciarse. Creo que Genevieve debería morir o desaparecer para siempre. ¿Para qué quiere James una esposa? Ya tiene a la pequeña Grace, ¿no es un encanto de niña? Y nos tiene a ti, a mí y a Oscar justo al lado. Si James me diera permiso, arrancaría hasta el último de esos arbustos de camelia, que de todos modos ya están casi muertos, para que nos viera cada vez que mirara por la ventana. ¿Sabes qué es lo que le gusta a James? Comprar platería. ¡Lo he visto con mis propios ojos! Ve un cuchillo pastelero y se le ilumina la cara. ¿Una espátula? Lo mismo. Tiene todo eso, por no mencionar el aserradero, que lo mantiene ocupado, y encima tiene a una niña que criar; ¿para qué diablos necesita una esposa?

Fue curioso que en Perdido nadie montara ningún escándalo por el hecho de que James Caskey, un hombre acomodado que por fortuna vivía separado de su esposa, hubiera invitado a una joven hermosa, sin ataduras y sin dinero, a vivir en su casa. Para los habitantes del pueblo, la maestra acababa de llegar al pueblo y había perdido todo su dinero, sus certificados y su ropa en la inundación. Necesitaba un lugar donde quedarse hasta haberse recuperado y James Caskey tenía una casa grande, al menos con dos habitaciones libres, y una niña a la que le vendría la mar de bien aprender modales de una mujer así. Y con su esposa en Nashville haciendo quién sabe qué, al propio James tampoco le venía nada mal tener a alguien con quien hablar durante la cena. Al mismo tiempo, todo el mundo cuchicheaba sobre qué diría Genevieve si se enteraba. Elinor Dammert era inteligente: se le notaba con tan solo mirarla. Y probablemente tenía mal genio: era imposible que alguien con el pelo de ese color no tuviera mal genio. Pero la gente de buen corazón esperaba que nunca llegara el momento de poder comprobar si Elinor Dammert podía plantarle cara a Genevieve Caskey.

Los daños causados por la riada no se habían limitado a los animales y a objetos construidos por el hombre. Flores, arbustos y árboles habían perecido a millares, y hubo que replantar el pueblo entero. Los desperfectos más importantes se registraron en los terrenos de los Caskey. Todos los árboles se habían desarraigado. Ya no había ni rosas ni flores de reina, ni parterres de lirios de día, iris barbados y narcisos, ni setos de adelfas y ligustro, ni matas de espino o de magnolia japonesa. Las azaleas seguían en sus parterres, alrededor de la casa, pero estaban muertas. Las camelias también parecían muertas, aunque Bray aseguraba que habían sobrevivido y Mary-Love aceptó su opinión; o, en cualquier caso, no dio instrucciones de que las arrancaran. Y, desde luego, ya no había césped. El río había dejado veinte centímetros o más de barro rojo empapado. Todos los días Mary-Love y Sister observaban si brotaban briznas de hierba a través de la tierra roja, y todos los días se llevaban una decepción.

Los DeBordenave y los Turk, cuyas plantas habían sufrido también lo suyo, habían arrancado y resembrado patios y parterres, y el lodo del Perdido parecía haber traído consigo una gran cantidad de nutrientes, pues sus céspedes habían brotado de repente, verdes y espléndidos, y crecían más exuberantes y veloces que nunca. En cambio, en la casa de James Caskey, situada justo al lado, el patio seguía convertido en una extensión de barro oscuro, al igual que en casa de Mary-Love. Unas semanas más tarde, el sol secó el lodo y dejó una capa de arena grisácea de cinco centímetros de profundidad, con la tierra rojiza del río compactada debajo. Sister cogió un puñado de arena y la dejó correr entre los dedos. Mezcladas con la arena había las semillas de césped que Bray esparcía todos los viernes por la tarde. La desaparición del césped de sus jardines era un asunto muy comentado en Perdido, pues aquella pequeña plaga de esterilidad se había extendido tan solo por las propiedades de los Caskey, pero no había afectado, por ejemplo, a los DeBordenave. La extensión de arena grisácea llegaba hasta el límite de la propiedad de los Caskey, y justo al otro lado empezaba el césped. La arena se extendía también hasta el límite de la propiedad de Mary-Love, en la linde del pueblo, donde empezaba el pinar, con su sotobosque denso y espinoso. A finales de junio, Mary-Love y James habían perdido ya la esperanza de que la hierba volviera a crecer. Mary-Love contrató al pequeño Buster Sapp para que todas las mañanas, a las seis y media, pasara el rastrillo por la arena. Al final del día, las pisadas de los sirvientes, las visitas y los habitantes de las casas habían arruinado en gran medida el cuidadoso trabajo de Buster, pero este siempre estaba allí a primera hora de la mañana siguiente para devolver la simetría y la textura artificiales a la malograda propiedad de los Caskey. Aquella extensión de arena (de casi una hectárea en total) formaba un paisaje muy deprimente —sobre todo si recordaban los elegantes jardines y el césped que antes rodeaban las casas— que solo el diligente trabajo de Buster hacía soportable. Así pues, a pesar de las habladurías, Buster trabajaba incluso en domingo (y ese día le pagaban el doble). Ambos hogares se acostumbraron pronto a despertarse con el sonido del rastrillo sobre la arena. Buster era un niño menudo, somnoliento y muy paciente, que iba lentamente de un lado a otro, trazando un improvisado mapa de círculos concéntricos y espirales alargadas. Movía el rastrillo con un ritmo tan inexorable como el de un péndulo. Y tal vez era ese recordatorio del paso del tiempo lo que hacía que el sonido del rastrillo sobre la arena evocara tanto la muerte.

Todas las mañanas a las seis, antes de empezar a trabajar, la hermana de Buster le preparaba el desayuno en la cocina de Mary-Love. Buster terminaba a las diez, y a esa hora la cocinera de James Caskey, Roxie Welles, le preparaba un segundo desayuno. Al terminar cogía una almohada y bajaba al muelle a echarse la siesta hasta la hora de la comida. Por la tarde, hacía recados para las dos casas. Unas veces le pagaba Mary-Love y otras, la señorita Elinor. Y a veces, por error, le daban dinero ambas.

Durante varios meses, Buster Sapp fue prácticamente la única línea de comunicación entre aquellos dos hogares que en su día habían gozado de una relación tan íntima. Mary-Love Caskey no aprobaba que Elinor Dammert viviera con su cuñado, y tampoco permitía que su hija lo aprobara. James Caskey sabía cómo se sentía su cuñada, pero estaba tan satisfecho de que Elinor viviera en su casa que no quería discutir con Mary-Love. Al fin y al cabo, si se enzarzaba en una discusión con Mary-Love, lo más probable era que esta ganara, y si Mary-Love ganaba, Elinor tendría que irse. Y eso era precisamente lo que James Caskey no quería.

Elinor se ocupaba de él como lo habría hecho tal vez Genevieve si hubiera sido una esposa de verdad. Elinor se había encargado de supervisar la limpieza y la reparación de la casa. Todos los días, en ausencia de James, daba órdenes a Roxie, así como a su hija Reta y a su hijo Escue. Reta se pasaba todo el día fregando de rodillas, y Escue pintaba todo lo que hubiera al alcance de su brocha. Elinor y Roxie se sentaban en el porche delantero a coser cortinas nuevas para todas las habitaciones de la casa. James le había dado a Elinor trescientos dólares y le había dicho que comprara todo lo que necesitara. Así pues, un día Elinor y Escue recorrieron más de quince kilómetros en carreta hasta Atmore, y volvieron con un cargamento de ropa de cama nueva. Elinor tiró todo lo que había tocado el agua de la inundación. A pesar de que había sido la más perjudicada, las reparaciones en la casa de James Caskey iban más avanzadas que en ninguna otra.

De alguna forma que James nunca llegó a descubrir, Elinor logró salvar muchos de los muebles que se creían perdidos por la inundación.

—No sé cómo lo ha hecho, Oscar —le dijo James una mañana en el aserradero—, pero anoche volví a casa y ahí estaba el sofá de mamá, el mismo que estuve a punto de tirar por la puerta de atrás, tan reluciente como el primer día. El palisandro estaba perfectamente pulido y el sofá tenía hasta el último medallón tallado. ¡Y estoy convencido de que dos de ellos se habían roto y habían salido flotando por la puerta principal! No solo eso, sino que lucía una especie de tapicería azul exactamente igual a la que había cuando yo era niño. La había olvidado por completo hasta que entré y la vi. ¡Me recordó tanto a mamá que me faltó poco para sentarme y echarme a llorar!

—James —dijo Oscar—, ¿no crees que estás haciendo trabajar demasiado a la señorita Elinor?

—Pues yo creo que sí —respondió James con modestia—, pero ella dice que no. La casa está en tan buen estado como cuando mamá vivía allí y papá estaba ya muerto y no podía estropearla. ¡Imagina el aspecto que tiene! ¿Y Grace? ¿Tú has visto a Grace últimamente?

—Sí —dijo Oscar. En ese momento interrumpieron la conversación para hablar con un hombre que salía del aserradero en una carreta.

—¿Has visto los vestidos que lleva? —continuó James cuando la carreta cruzó la puerta principal—.

A la señorita Elinor no le importa nada sentarse en la cocina con Roxie y coserle un modelito a Grace mientras esta la mira desde debajo de la mesa. ¿Te puedes creer que Mary-Love me dijo que debería cobrarle el alquiler de la habitación a la señorita Elinor?

—Mamá no conoce a la señorita Elinor, eso es todo —dijo Oscar.

—No es que no la conozca, ¡es que no quiere conocerla! Oscar, sabes que quiero a tu madre, y sabes que siempre tiene razón, pero te diré algo: con la señorita Elinor se equivoca. Grace la adora y yo la aprecio mucho. ¿Sabes que ha pulido toda mi cubertería —añadió James en voz baja, levantando un dedo huesudo— y la ha envuelto en fieltro amarillo?

Oscar Caskey estaba frustrado. Lo que más deseaba en el mundo era justamente lo que no podía tener, y eso era ni más ni menos que la oportunidad de descubrir más cosas sobre la señorita Elinor Dammert. Su trabajo en el aserradero lo obligaba a estar en la oficina o en el bosque a las siete de la mañana. Volvía a casa al mediodía, pero solo disponía de media hora para comer, y de hecho solía tomarse su segundo vaso de té helado ya de vuelta al trabajo. Por la tarde volvía a casa sobre las seis o las siete, y para entonces estaba tan cansado que solo podía sentarse a cenar. Y, para colmo, había noches en que tenía que acudir a alguna reunión para planificar la restauración y mejora de Perdido tras el desastre de la riada de Pascua. Apenas podía saludar a la señorita Elinor en el porche de la casa de su tío cuando pasaba en su automóvil, o gritarle «¿Cómo está usted, señorita Elinor?» cuando subía a paso lento los escalones de su propia casa, donde su madre le abría la puerta y la cerraba con pestillo a sus espaldas.

Mary-Love Caskey ya sabía que no podía controlar las acciones y emociones de su hijo tal como hacía con las de Sister. Sabía perfectamente que a Oscar le gustaba la profesora pelirroja de la casa de al lado, y también sabía que no le correspondía a ella decirle que no debía gustarle. Oscar era ahora el hombre de la familia, y eso significaba algo. Por todo ello, Mary-Love se alegraba de que, a pesar de la proximidad entre Oscar y Elinor, ambos hubieran tenido tan poca relación. La riada los había unido, pero las consecuencias de la riada los mantenían separados, por lo menos de momento.

Pero un sábado por la mañana (el 21 de junio de 1919, para ser exactos, cuando el sol pasó de Géminis, signo de aire, a Cáncer, signo de agua), Oscar Caskey se levantó a las cinco, la hora de siempre, pero entonces se acordó de que era sábado y que no tenía que estar en el aserradero hasta las ocho. Se habría dado la vuelta para tratar de dormir una hora más, pero al otro lado de la ventana un sonido rasgó el silencio de la mañana y lo desveló. Se levantó y miró al exterior. El amanecer aún no se había adueñado del día. La arena del patio era un ancho mar oscuro y solo aquí y allá se atisbaba lo poco que quedaba del trabajo de Buster del día anterior. Y en mitad del caos de motivos geométricos, Oscar vio a Elinor Dammert, que venía del muelle. Llevaba algo dentro del puño.

A Oscar le picó la curiosidad. Quería saber qué la había hecho salir de casa tan temprano. Quería saber qué escondía en el puño. Y quería tener la oportunidad de hablar con ella sin su madre, James, la pequeña Grace o cualquiera de los criados cerca. Se puso los pantalones y las botas a toda prisa, bajó las escaleras traseras y se detuvo en el porche para observar a Elinor a través de la mosquitera. Sobre aquella arena gris que llegaba hasta el río, la muchacha cavó un agujerito en la tierra con la punta del pie.

El cielo era rosado y amarillento en el este, pero todavía estaba azul —un azul más radiante que el de aquel amanecer— en el oeste. Los pájaros cantaban al otro lado del río, pero a este lado solo se oía un sinsonte que se había posado sobre el techo de la cocina de James Caskey. A pesar de la distancia, Oscar oía perfectamente el chapoteo del agua contra los pilotes del muelle. Abrió la mampara.

La señorita Elinor levantó la mirada. Abrió ligeramente la mano y algo cayó en el hoyito que tenía entre los pies. Entonces cubrió el agujero de arena con la punta del zapato.

—¿Qué está haciendo, si se puede saber? —preguntó Oscar, que salió y bajó los escalones. Su voz, extrañamente hueca, rompió el silencio de la mañana. La calma era tal que el leve sonido de la puerta mosquitera al cerrarse resonó contra el lateral de la casa de James Caskey.

La señorita Elinor dio unos pasos hacia la derecha e hizo otro agujerito en el suelo. Oscar se acercó a ella.

—He traído bellotas —dijo ella.

—¿Y las está plantando? —preguntó Oscar con incredulidad—. ¿Quién planta bellotas? ¿De dónde las ha sacado?

—Las ha arrastrado el río —respondió Elinor con una sonrisa—. ¿Quiere echarme una mano, señor Oscar?

—No va a sacar nada de plantar bellotas aquí, señorita Elinor. Fíjese en el patio. ¿Qué ve? Arena y más arena, y ni una brizna de hierba, ¿no? Porque eso es lo que yo veo. Creo que pierde el tiempo plantando bellotas. Además, Buster llegará dentro de un rato y las rastrillará todas.

—Buster no rastrilla tan profundo —dijo Elinor—. Además, le dije que iba a plantar árboles aquí. Señor Oscar, si la hierba no crece, por lo menos necesitamos sombra; así que voy a plantar bellotas.

—Serán de roble siemprevivo, imagino —dijo Oscar, examinando las cuatro bellotas que Elinor dejó caer en su palma de la mano. Estaban mojadas, como si las acabara de sacar del agua. Elinor no había explicado qué hacía en el muelle a las cinco de la mañana. En cualquier caso, era imposible que hubiera esperado a que el río Perdido arrastrara las bellotas hasta su mano, ¿no?

—No, son de roble acuático —respondió ella.

—¿Cómo lo sabe?

—Porque conozco las bellotas de roble acuático. Sé qué aspecto tienen cuando el río las lleva.

—¿Y cree que crecerán aquí?

Ella asintió.

—No me suena que haya ninguna arboleda de roble acuático en el río Perdido —dijo Oscar después de una pausa, como si tratara de recordar alguna. Era una forma educada de contradecir a la señorita Elinor, ya que en realidad Oscar Caskey conocía todos los árboles de los condados de Baldwin, Escambia y Monroe, y estaba totalmente seguro de que no había una sola rama de roble acuático que pendiera sobre las aguas de la parte alta del Perdido.

—Pues alguno tiene que haber —dijo Elinor dejando caer otra bellota en la tierra— si la corriente se las ha llevado río abajo.

—¿Sabe qué? —preguntó Oscar, que cavó un agujerito con el tacón de la bota y dejó caer una bellota—. Esta tarde saldré temprano del trabajo y usted y yo iremos a dar un paseo en carreta —dijo, cubriendo la bellota de arena.

—¿Un paseo adónde?

La señorita Elinor metió la mano en el bolsillo del vestido y sacó otro puñado de bellotas. Dejó caer varias en la palma extendida de Oscar y se quedó el resto. Mientras él hablaba, ella siguió con la plantación.

—Al bosque. Va a elegir los árboles que más le gusten, los que quiera, hasta seis metros, y los marcaré con una cinta azul. Y el lunes por la mañana enviaré a algunos hombres a desenterrarlos, los traeremos aquí y los replantaremos. No sé cómo no se me ha ocurrido antes. ¿Para qué tengo a tantos hombres contratados, si no? Incluso aunque estas bellotas arraigaran, y créame que hay árboles más bonitos que los robles acuáticos, señorita Elinor, tardarían tanto en crecer que usted y yo ya andaríamos encorvados antes de que dieran sombra suficiente como para quitarnos el sombrero.

—Se equivoca, señor Oscar —dijo Elinor Dammert—, y no voy a elegir ningún árbol del bosque. Pero venga a las tres y tendré preparada la carreta de Escue para salir a dar ese paseo.

A Mary-Love no le gustó nada la idea, y esa noche, tras su regreso, Oscar apenas tuvo tiempo de lavarse las manos antes de que la cena estuviera servida.

—¿De qué habéis hablado? —le preguntó Sister.

—De James y Grace, y de la escuela. Y también de la inundación. Como todo el mundo en el pueblo.

—¿Por qué has tardado tanto? —quiso saber Mary-Love. Creía que era mejor no mencionar el comportamiento escandaloso de Oscar, pero su curiosidad pudo más que sus reservas a la hora de dar más importancia de la debida a aquel episodio.

—La he llevado donde los Sapp y hemos comprado zumo de caña. ¿Sabíais que han puesto a una niña de tres años a cargo de la prensa? Es tan pequeña que tienen que colocarla sobre el lomo de su vieja mula y atarla con una cuerda.

—¡Vaya con los Sapp! —exclamó Sister—. Terminaremos contratando a esos nueve mocosos solo para impedir que los maten a trabajar, ya lo veréis.

—Así pues, habéis ido donde los Sapp y habéis vuelto —dijo Mary-Love—. ¿Eso os ha llevado tres horas y treinta y cinco minutos?

—Nos hemos parado a charlar con la señora Driver, eso es todo. La señora Driver nos ha dado un poco de su sandía temprana. Dudo que hubiéramos parado si Oland y Poland, o tal vez era Roland, no hubieran salido corriendo y hubieran detenido la carreta. Los chicos le tienen mucho cariño a la señorita Elinor. ¿Y tú sabías que comen la sandía con pimienta en vez de sal? Nunca había oído hablar de eso, pero la señorita Elinor sí. Mamá, la señorita Elinor es más lista de lo que crees.

En la casa contigua, también en la mesa de la cena, la señorita Elinor contó la misma historia para Grace y James Caskey.

—Pero ¿te lo has pasado bien? —preguntó James Caskey.

—Desde luego —respondió la señorita Elinor—, el señor Oscar ha sido muy cortés conmigo.

—Bueno, mientras te lo hayas pasado bien —dijo James Caskey—, eso es lo único que importa.

Ocho días después de plantar las bellotas de roble acuático, Elinor Dammert asistió por primera vez a la misa matutina de Perdido. Hasta entonces, después de la escuela dominical, Elinor siempre había regresado a casa con Grace, a quien consideraban aún demasiado pequeña para escuchar un sermón. Pero de repente Grace se había hecho mayor, o se comportaba mejor, o tal vez era simplemente que Elinor Dammert deseaba ir a la iglesia. Pero lo cierto es que junto a Elinor se sentó Oscar Caskey, y cada vez que se levantaban para cantar un himno, él sostenía el libro abierto para ella, que sujetaba a la pequeña Grace en sus brazos.

A Mary-Love no le hacía ninguna gracia, y entre estrofa y estrofa Sister le susurró:

—¡Mamá, no puedes esperar que sujete a Grace y el himnario a la vez!

Esa mañana, cuando volvieron de la iglesia, Buster Sapp estaba esperando en la escalera de la casa de James Caskey. Al verlos llegar, corrió hacia la señorita Elinor, la agarró de la mano y la arrastró hacia el patio trasero.

Los demás los siguieron, sorprendidos de encontrar a Buster despierto a esas horas de la mañana y aún más de que no hubiera terminado de rastrillar un lateral de la casa, y vieron cómo la señorita Elinor se detenía cerca de las ventanas del salón trasero. Sonreía de oreja a oreja. A su lado, con los ojos muy abiertos y expresión de asombro, Buster Sapp se balanceaba adelante y atrás. Con un dedo tembloroso señalaba un pequeño retoño de roble de unos treinta centímetros de altura. Junto a este estaba la bellota de la que había brotado, partida y podrida, cubierta de arena gris. Y ante la mirada igualmente asombrada de James Caskey, Mary-Love, Sister y Oscar, Buster se levantó y recorrió todo el patio señalando otros diecisiete retoños de roble acuático que habían brotado de la noche a la mañana en la estéril tierra arenosa.

4

La confluencia

Lo que se sabía con certeza en Perdido acerca de la vida de Elinor Dammert podía resumirse en pocas palabras: la mañana de Pascua, Oscar Caskey y Bray Sugarwhite la habían rescatado del Hotel Osceola; vivía con James Caskey y cuidaba de maravilla de su hija, la pequeña Grace; en otoño empezaría a dar clases de cuarto curso; y Oscar Caskey la cortejaba, cosa que a su madre no le hacía ninguna gracia.

Lo demás era un misterio, y todo parecía indicar que seguiría siendo así. Elinor Dammert no era una mujer arisca —siempre se paraba a conversar en la calle, recordaba todos los nombres y era educada en todas las tiendas—, pero tampoco se desvivía por formar parte de la comunidad. En otras palabras, no cotilleaba, ni sobre sí misma ni sobre los demás. Tampoco hacía casi nada que se saliera de lo común, excepto vivir sin aparente preocupación por si Genevieve Caskey regresaba algún día y armaba un escándalo porque le había usurpado su lugar en la casa de James; ni tampoco por haberse ganado la antipatía de Mary-Love Caskey, una mujer afable aunque un poco dominante, que hasta entonces nunca le había tenido ojeriza a nadie que no fuera o un ladrón o un borracho.

En realidad, muchos pensaban que la señorita Elinor no se estaba adaptando a la vida en Perdido. El comentario más habitual era que parecía algo enferma, como si no estuviera acostumbrada al clima, aunque nadie entendía cómo era posible: al fin y al cabo, había crecido en el condado de Fayette, que tampoco estaba tan al norte. Ciertamente, durante esos meses de verano la señorita Elinor pasó mucho tiempo en el agua, y sus hombros musculosos (poco habituales en una mujer de Alabama) eran objeto de muchos comentarios. También se decía que no comía lo suficiente (o tal vez no lo más adecuado), aunque James mantenía la mesa muy bien surtida y Roxie era una de las mejores cocineras del pueblo, de modo que Perdido tampoco creía que aquella sospecha explicara el estado de Elinor.

Una mañana Buster Sapp llegó a casa de los Caskey a primera hora, incluso antes del amanecer. Había salido de casa de sus padres, en el campo, y había calculado mal el tiempo que necesitaba para llegar al pueblo. Rodeó la casa con la intención de echarse una siesta en los escalones traseros, pero de pronto se sobresaltó: había alguien en el muelle. Era Elinor

Dammert; su camisa blanca brillaba bajo la luz de la luna poniente. La mujer se zambulló en el río. Buster corrió hasta la orilla y la observó mientras se dirigía tranquilamente hacia el lado contrario con brazadas poderosas. La fuerte corriente no la desvió ni un centímetro, algo que asombró a Buster, que sabía lo mucho que le costaba a Bray pasar de una orilla a la otra.

Antes de llegar al otro lado, Elinor se dio media vuelta y asomó la cabeza por encima del agua.

—¡Hola, Buster Sapp! —exclamó. El agua corría con fuerza, pero la señorita Elinor parecía anclada, inamovible.

—¡Estoy aquí, señorita Elinor! —respondió Buster. La mujer lo tenía ya bastante impresionado por los robles acuáticos que había plantado. Buster, que cada mañana rastrillaba alrededor de sus esbeltos troncos, constató la facilidad con la que crecían. ¿Era natural? Su hermana Ivey le había contado que crecían tanto porque habían plantado las bellotas durante la luna nueva, pero le parecía una explicación insuficiente.

—¡Ven conmigo y nadamos hasta la confluencia!

—¡Hay demasiada corriente, señorita Elinor! ¡Y a saber lo que hay en esa agua cuando es de noche! En el pantano de Blackwater había un caimán, según Ivey. Me contó que el caimán se comió a tres niñas pequeñas y escupió sus huesos en un banco de arena.

La señorita Elinor sonrió y se levantó en medio de la oscuridad, hasta que Buster alcanzó a ver sus pies blancos y descalzos que brillaban bajo el agua negra. Entonces, con elegancia, sin agacharse siquiera, se zambulló de lado en la corriente y comenzó a deslizarse grácilmente río abajo.

Buster, que conocía el remolino que se formaba en la confluencia entre el río Perdido y el Blackwater, a apenas medio kilómetro de allí, temió que la señorita Elinor se ahogara. Pero por mucho que diera voces, la ayuda no iba a llegar a tiempo, de modo que el muchacho recorrió la orilla del río, tropezando de vez en cuando con la raíz expuesta de algún árbol, tras la silueta blanca de la señorita Elinor, que relucía justo debajo del agua. En un momento dado atravesó un matorral de roble y magnolia, y la pernera del pantalón se le enganchó en una mata, de modo que tuvo que sentarse para soltarse. Echó a correr y pronto se topó con el campo baldío que había detrás de los juzgados. Ante él estaba la confluencia, donde las aguas rojas del Perdido y las negras del Blackwater se encontraban y colisionaban antes de ser engullidas por aquel velocísimo torbellino.

A sus espaldas, el reloj del ayuntamiento comenzó a dar las cinco. El niño se giró y contempló un momento la esfera, iluminada de verde. La señorita Elinor debería haber llegado ya hasta allí: la había visto alejarse nadando a toda velocidad y, además, Buster había perdido tiempo soltándose de la mata de roble. Pero no la veía por ninguna parte. ¿La habrían arrastrado ya las aguas? Buster se echó a temblar. Entonces, de repente, vio su cabeza asomando por encima del agua, unos diez metros río arriba. El agua fluía rápidamente alrededor de su cuerpo inmóvil, como si hubiera quedado varada, pero en ese punto el Perdido era profundo y no había ninguna rama a la que agarrarse. Entonces, como si hubiera esperado a que Buster la viera, la señorita Elinor reemprendió el descenso. Completamente aterrorizado, Buster la vio avanzar hasta quedar envuelta por el movimiento circular de la confluencia. Inmóvil, hierática, la señorita Elinor dio vueltas y más vueltas en el remolino, apenas unos centímetros bajo la superficie del agua.

—¡Señorita Elinor! —gritó Buster, a pleno pulmón—. ¡Señorita Elinor! ¡Se va a ahogar!

La mujer, que cada vez estaba más cerca del centro del torbellino, extendió los brazos, y su cuerpo empezó a fundirse con la curva del remolino. Buster vio cómo su figura formaba un círculo completo. Se agarraba los dedos de los pies con las manos, formando una circunferencia pálida que cercaba el agujero negro del vórtice.

Y entonces el círculo de piel blanca y algodón que era Elinor Dammert desapareció.

Buster tuvo la arrolladora certeza de que aquella mujer a la que tanto respetaba estaba condenada. Ivey le había dicho que había algo en el fondo de aquel remolino, algo que pasaba el día enterrado en la arena, pero que por la noche salía y se posaba sobre el lecho fangoso del río a esperar los animales que el remolino pudiera arrastrar. Aunque lo que más le gustaba eran las personas. Y si el agua te arrastraba hasta el fondo, te agarraba con tanta fuerza que te rompía los brazos y no había escapatoria. Luego te arrancaba los ojos con su lengua negra. Después te comía la cabeza y, finalmente, enterraba el resto de tu cuerpo en el fango, para que nadie supiera nunca qué había sido de ti. Parecía una rana, pero tenía una cola de caimán con la que barría el lecho del río para asegurarse de que todos los cuerpos seguían enterrados y que ninguno volvía a la superficie. Tenía una branquia roja para el agua del Perdido y una negra para la del Blackwater. Una vez, Ivey vio su rastro desde la orilla del río hasta la casa de Baptist Bottom donde la noche anterior había desaparecido el hijo de una lavandera. Nadie supo nunca qué había sido de aquel niño de dos años. Aquello que esperaba a los desprevenidos nadadores en el turbio lecho del río, aquello que se arrastraba por las densas orillas en las noches oscuras, fuera lo que fuera —según le aseguró Ivey a su hermano—, ya estaba allí antes de la fundación de Perdido y seguiría allí cuando Perdido dejara de existir.

Buster se encaramó sobre un saliente de arcilla que se adentraba en el río, sin darse cuenta de que la corriente había socavado el margen. De pronto el saliente cedió y Buster Sapp cayó al agua con un grito. Intentó volver a la orilla, y al notar la áspera arcilla bajo los pies creyó que iba a lograrlo, pero de repente el remolino de la confluencia se ensanchó hasta alcanzar las orillas de ambos ríos. Buster se vio arrastrado sin remedio hacia el remolino, cada vez más lejos de la seguridad de la orilla, que parecía tan cercana. Intentó nadar río abajo, a la desesperada, pero no logró escapar de la corriente.

Cuando el agua lo hubo arrastrado bajo la superficie, abrió los ojos un momento y vio la distorsionada esfera verde del reloj del ayuntamiento. Gritó y la boca se le llenó de agua turbia.

Una gran rama de pino quedó atrapada también en la vorágine y Buster se agarró a ella, intentando mantenerse a flote. Pero la rama estaba tan a merced del remolino como él, y acabaron girando juntos. Logró asomar la cabeza durante un instante y tomar dos bocanadas de aire, pero el agua lo engulló de nuevo. Estaba más cerca del centro del torbellino, que giraba cada vez más deprisa.

De pronto se soltó de la rama y dio un salto hacia el exterior. O por lo menos hizo el gesto de saltar, ya que en realidad solo logró dar una voltereta bajo el agua. Ahora no solo daba vueltas en la corriente, sino que también giraba vertiginosamente sobre sí mismo, mientras el implacable remolino lo atraía hacia el centro.

Ahí la corriente iba tan rápido que en la superficie del agua se formaba una depresión de casi dos palmos de profundidad. Sin saber cómo, Buster estaba en la entrada de aquel embudo, la puerta al infierno acuático que aguardaba debajo. Logró tomar dos bocanadas de aire y abrir los ojos, pero la superficie quedaba por encima de su línea de visión. Intentó gritar, pero cuando iba a tomar una última bocanada de aire, la corriente lo arrastró hacia el fondo.

Aquella criatura de la que había hablado Ivey lo agarró. Le inmovilizó los brazos a los lados con tanta fuerza que se le astillaron los huesos dentro de la piel. Buster sintió cómo le exprimían el aliento hasta que ya no quedaba nada, y se preparó para que aquella lengua negra y rugosa le arrancara los ojos. Los abrió, incapaz de contenerse, pero a tanta profundidad no se veía nada de nada. Entonces sintió algo grueso y áspero sobre la nariz y la boca. Mientras la lengua se abría paso hacia sus ojos, Buster Sapp se hundió en una oscuridad más profunda, oscura y piadosa que el propio río Perdido.

Nunca se encontró rastro alguno de Buster, aunque nadie tuvo jamás ninguna esperanza. Elinor Dammert, que se había levantado temprano porque no podía dormir, dijo que vio cómo Buster se tiraba al río desde el muelle. Sin duda, la corriente lo había arrastrado hasta la confluencia y se había ahogado. En aquella confluencia se habían ahogado tantísimas personas cuyos cuerpos nunca habían sido localizados, ni en el pueblo ni tampoco río abajo, que a nadie se le ocurrió decirle a la afligida familia Sapp que tal vez sería posible recuperar el cadáver de su pequeño. «No entiendo por qué se metió en esa agua a la luz de la luna», dijo su madre, Creola, que se refugió en los ocho hijos que le quedaban.

Tras la desaparición, Mary-Love dejó la monótona tarea del pobre Buster a cargo de Bray. Pero este detestaba el trabajo, que consideraba indigno, de modo que un día fue a la plantación de caña de azúcar de los Sapp acompañado de su esposa Ivey, y se llevó a una de las hermanas de esta, una niña de diez años llamada Zaddie. Zaddie se instaló con su hermana y su cuñado en Baptist Bottom, donde le dieron el rastrillo de su malogrado hermano.

Y por algún motivo, ya fuera porque su sistema se había acostumbrado de repente al clima local o porque Roxie Welles había empezado a alimentarla mejor, la cuestión era que la señorita Elinor ya no parecía enferma. Su rostro recuperó el tono saludable que había tenido cuando la habían rescatado del hotel inundado. Por fin, parecía que la señorita Elinor se estaba adaptando.

El curso escolar comenzó el 2 de septiembre. La señorita Elinor se hizo cargo de la clase de cuarto y la pequeña Grace entró en primero. Esa misma mañana, después de un gran desayuno de celebración, James Caskey le preguntó a la señorita Elinor si preferían que las llevara a la escuela en su automóvil, y ella le dio las gracias pero rechazó la invitación.

—¿Pero sabrá llegar a pie?

—Por supuesto —respondió Elinor—, pero Grace y yo no vamos a ir a pie.

—Ah, ¿no? —preguntó James Caskey, sonriendo a Roxie, que traía un plato de galletas recién sacadas del horno—. ¿Y cómo piensan ir, entonces? ¿Va a llevarlas Escue en la trasera de su carreta?

—Iremos en la barca —anunció la señorita Elinor mientras miraba a Grace, que sonrió de emoción y asintió con la cabeza.

—¡En barca! —exclamó James Caskey.

—En el bote de Bray —añadió la señorita Elinor—. Me ha dado permiso.

James Caskey se quedó mudo.

—Señorita Elinor —dijo por fin—, sabe que para ir desde nuestro muelle hasta la escuela hay que cruzar la confluencia, ¿verdad? ¿Cómo piensa hacerlo?

—Remando con brío —respondió imperturbable la señorita Elinor.

—Permítame recordarle —dijo James en un tono que tan solo manifestaba una leve protesta teniendo en cuenta el peligro que se cernía sobre su única hija— que el pobrecito Buster Sapp se ahogó en la confluencia este verano.

La señorita Elinor se echó a reír.

—¿Está preocupado por Grace, señor Caskey?

—¡Yo no tengo miedo, papá!

—Ya lo sé, cariño, y por supuesto que confío en la señorita Elinor, es solo que la confluencia... Bueno, tú te acuerdas de Buster, ¿verdad, cariño?

—Pues claro que me acuerdo de Buster —gritó Grace, poniendo los brazos en jarra con aire petulante. Miró de reojo a su padre y a la señorita Elinor—. ¡Ivey dice que algo se lo comió! —añadió en voz baja.

—Ivey solo quería asustarte, cariño —dijo James—. Pero lo que le pasó a Buster fue que se ahogó.

—Señor Caskey —dijo Elinor—, mi padre pilotó un transbordador en el río Tombigbee durante treinta y dos años. Todos los días al mediodía, yo remaba río arriba para llevarle la comida. Y por entonces tenía la misma edad que Grace —añadió con una sonrisa—. Si tanto le preocupa, le puedo atar una cuerda bajo los brazos a Grace, darle el otro extremo a Zaddie y decirle que nos siga corriendo por la orilla.

Pero James Caskey no permitió que la señorita Elinor se llevara a Grace. Aquella mañana Elinor Dammert remó sola en la barca. James y Grace la esperaron junto a la confluencia, en el campo que había detrás del ayuntamiento, y cuando pasó le hicieron vigorosas señas y la llamaron. Ella les devolvió el saludo y cruzó la confluencia con apenas un leve movimiento del remo en el agua. Entonces se acercó hasta la orilla de arcilla roja y hundió el remo en la tierra blanda. James Caskey se acercó y ayudó a Grace a subirse al bote.

—Tenía razón —le dijo—, y yo estaba equivocado.

—¡Vámonos! —gritó la señorita Elinor, apartando la embarcación de la orilla. Grace soltó un chillido de alegría y saludó a su padre, emocionadísima.

Al día siguiente, una decena de madrugadores sin nada mejor que hacer se congregaron en el campo de detrás del ayuntamiento para ver cómo la señorita Elinor y Grace cruzaban la confluencia en el pequeño bote verde de Bray Sugarwhite. El jueves, dos decenas de hombres y mujeres se asomaron a las ventanas del ayuntamiento para saludarla. Elinor Dammert era una insensata y James Caskey aún más por permitir que su hija se montara en esa barca, porque un día un remolino iba a tragárselas a las dos y luego escupiría astillas y huesos sobre la orilla de arcilla roja. Sin embargo, después de una o dos semanas la imagen de la señorita Elinor y Grace en el bote ya no parecía tan descabellada. Todavía las saludaban desde las ventanas del ayuntamiento, pero ya nadie les auguraba una catástrofe.

Zaddie Sapp era una niña avispada, más avispada de lo que Buster había sido nunca, y todas las mañanas, cuando terminaba de rastrillar los patios, se sentaba en la cocina con Roxie o con su hermana Ivey y cogía el cesto de costura o un cuenco de guisantes por pelar. No importaba lo que fuera, solo quería distraerse. Elinor se encariñó con la niña y le enseñó a elaborar bordados sencillos. Cuando se enteró, Mary-Love lo condenó en rotundo, pues en Perdido consideraban que las mujeres de color no servían para los trabajos ornamentales. Pero Elinor le dio a Zaddie una cesta llena de fundas de almohada, y la pequeña bordó con suma paciencia un motivo floral alrededor de todas y cada una de ellas. Elinor la recompensó por la labor con cincuenta centavos por almohada.

Con aquel y otros muchos gestos similares, Elinor se ganó el corazón de Zaddie Sapp. Cada tarde a las tres, Zaddie se sentaba en el muelle a esperar a que la señorita Elinor y Grace remontaran el río a remo.

—¿Cómo estás? —le preguntaba Elinor a Zaddie todos los días, y todos los días Zaddie se emocionaba con la pregunta.

—Estoy bien —respondía invariablemente la niña y acto seguido ponía a Elinor al corriente de todo lo que había sucedido en las dos casas de los Caskey durante el día.

Durante esas encantadoras tardes de septiembre y octubre, Elinor se aposentaba en el porche de la casa de James Caskey, se balanceaba en una mecedora y escuchaba a Zaddie y a Grace, que leían un libro en voz alta sentadas en los escalones. Aunque tenía cuatro años menos que Zaddie, Grace era mucho mejor estudiante y solía presumir de su superioridad académica, aunque Elinor se encargaba de pararle los pies.

—Grace —le decía—, si Zaddie hubiera tenido tus oportunidades estaría mucho más adelantada que tú. ¿Cómo crees que leerías tú si hubieras pasado tres años de tu vida a lomos de una mula, dando vueltas a una piedra de molino de caña de azúcar?

Grace se mordía el labio, muerta de vergüenza, y le entregaba el libro tímidamente a Zaddie, que se estremecía ante la sensación de privilegio que le provocaba que la defendiera alguien tan respetable como la señorita Elinor. Como Zaddie repetía sin parar, la señorita Elinor era la única persona en todo Perdido (hombre o mujer) capaz de cruzar la confluencia a remo.

5

El cortejo

En septiembre, los tres aserraderos de Perdido volvieron a estar operativos, y eso hizo que disminuyeran las exigencias a las que James y Oscar Caskey tenían que hacer frente. Al ver que la señorita Elinor pasaba las tardes sentada en el porche, desde las tres y media hasta el anochecer, Oscar empezó a salir antes del aserradero para poder llegar a casa más temprano.

Aparcaba el automóvil en la calle, se bajaba y se dirigía hacia su casa, pero después de unos pasos se desviaba como si acabara de tener una inspiración repentina, atravesaba el patio hacia la casa de James, estropeando parte del cuidadoso trabajo de Zaddie, y primero hablaba con la muchacha negra, que solía sentarse con Grace a los pies de Elinor.

—A ver, Zaddie, ¿cuánto han crecido los robles acuáticos hoy?

—Un poco, señor Oscar —respondía ella siempre.

Todos los habitantes de Perdido habían oído hablar del implacable vigor de los árboles de Elinor, habían ido a verlos con sus propios ojos y habían hablado tanto de ellos que ya no eran noticia. Nadie podía explicar aquel crecimiento tan extraordinario, y solo hacía falta que Zaddie se asegurara todos los días de que la arboleda había ganado unos centímetros más durante la noche.

Después de intercambiar cuatro palabras con Zaddie acerca del progreso de los árboles, Oscar charlaba un rato con su prima Grace.

—Esta mañana en el barbero he oído que tú y tus amiguitas atasteis a la profesora y la tirasteis desde la ventana del auditorio de la escuela —comentaba—. ¿Es verdad?

—¡Claro que no! —exclamaba Grace, indignada.

—¿Cómo está, señorita Elinor? —preguntó entonces Oscar, volviéndose hacia ella como si hubiera cruzado el patio solo para hablar con Zaddie y Grace y, casualmente, se hubiera fijado en que había otra persona allí—. ¿Cómo la han tratado hoy sus indios?

Oscar se refería a todos los alumnos de la escuela como *indios*.

—Mis indios no me dan tregua —dijo Elinor con una sonrisa—. Aunque sobre todo son los chicos; las chicas harían cualquier cosa por mí. Siéntese, señor Oscar. Parece cansado de estar de pie.

—Lo estoy, lo estoy —dijo Oscar, aposentándose en la mecedora contigua, como si ella no le hubiera extendido la misma invitación (y él la hubiera aceptado) todos los días durante las últimas dos semanas.

—Su madre nos está observando a través de los arbustos de camelias —dijo Elinor.

—¡Hola, mamá! —gritó Oscar, levantándose de su silla.

Al ver que la habían descubierto, Mary-Love salió de su escondite.

—¡Oscar! —respondió desde el porche—. ¡Ya me parecía que eras tú!

—¿No has visto el coche, mamá? —gritó él, que acto seguido bajó la mirada hacia la señorita Elinor—. Pues claro que lo ha visto —añadió en un tono de voz que su madre no podía oír.

—Dígale que venga y se siente con nosotros —dijo Elinor.

—¡Mamá! Dice la señorita Elinor que vengas y te sientes un rato.

—¡Dile a la señorita Elinor que gracias, pero que tengo que desgranar unos guisantes!

—¡Eso no es verdad! —exclamó Zaddie indignada, mirando a Grace—. ¡Los he desgranado yo todos esta mañana!

—Dile a tu madre que si viene aquí, Zaddie y yo le echaremos una mano con los guisantes —añadió Elinor con cortesía, aunque había oído a Zaddie y sabía que aquello era una excusa.

—¡De acuerdo, mamá! —gritó Oscar, sin molestarse en forzar la voz para perpetuar el engaño. Volvió a su asiento y sonrió a Elinor—. Mamá no quiere que venga —explicó.

—¿Por qué no? —preguntó Grace, mientras Mary-Love desaparecía de nuevo tras las camelias.

—Por mí —dijo Elinor.

—¿Por ti? —exclamó Grace, que no entendía cómo alguien podía tener algo en contra de la señorita Elinor.

—La señora Mary-Love cree que el señor Oscar debería sentarse en su porche y hablar con ella en lugar de venir aquí a hablar con nosotras.

—Pero, entonces, ¿por qué no viene? La hemos invitado...

Oscar suspiró.

—No le des más vueltas, Grace.

—Señor Oscar —dijo Zaddie, dándose la vuelta—, esta mañana he desgranado todos los guisantes.

—Ya lo sé, Zaddie. Bueno, ahora las dos quedaos calladitas un rato.

Grace y Zaddie juntaron las cabezas y se pusieron a cuchichear.

—Entonces, ¿sus chicos le dan problemas? —preguntó Oscar.

—Ya se calmarán el mes que viene. Ahora mismo la mitad de ellos están en el campo, cosechando el algodón, y la otra mitad desearían estarlo. No logro convencerles de que se pongan zapatos y todas las mañanas, antes del recreo, tengo que comprobar si tienen tiña.

—Pero la escuchan, ¿no?

—Ya me encargo yo de que lo hagan —dijo Elinor entre risas—. Les digo que, si no me hacen caso, me los llevaré en el bote de Bray y los tiraré por la borda en la confluencia. Tendría que ver lo rectos que se sientan. Con mis chicas, en cambio, no tengo ningún problema.

La señorita Elinor tenía treinta y cuatro alumnos, dieciocho chicos y dieciséis chicas. Veinte vivían en el pueblo y catorce en el campo. De esos catorce, doce habían faltado a clase las últimas semanas para echar una mano en la cosecha. Las dos alumnas restantes eran unas niñas indias, menudas y calladas, cuyos padres poseían cinco alambiques con los que destilaban alcohol ilegal en los pinares de Little Turkey Creek; cada día iban a la escuela a lomos de una mula decrépita. Elinor enseñaba a sus alumnos aritmética, geografía, ortografía, gramática e historia de la Confederación.

Cada mañana Roxie le preparaba a la señorita Elinor el almuerzo para que se lo llevara a la escuela, pero un día la llamaron para que ayudara en un parto en Baptist Bottom y no tuvo tiempo de hacerlo. Cuando regresó a casa, un poco antes del mediodía, Roxie preparó la pequeña cesta de mimbre y se la dio a Zaddie para que se la llevara a la maestra. Ir a la escuela de los niños blancos era toda una aventura para Zaddie, que se acercó al edificio muerta de miedo. La directora, Ruth Digman, la acompañó al aula de Elinor y llamó a la puerta.

El niño del fondo del aula, que era el encargado de abrir la puerta cada vez que alguien llamaba, se levantó y abrió. Todos los alumnos se volvieron y se quedaron mirando a la niña negra que había al otro lado. Nadie había visto nunca a una niña de color en la escuela de los blancos. Temblando, Zaddie se dirigió hacia la señorita Elinor con el almuerzo. La maestra le dio las gracias y la presentó a la clase.

—Chicos y chicas —dijo—, esta es Zaddie Sapp y tiene exactamente la misma edad que vosotros. Si fuera a la escuela, también estaría en cuarto grado y sería más lista que la mayoría de vosotros. Está ahorrando para pagarse la matrícula en el Instituto de Artes y Mecánica para Personas de Color de Brewton y ahora mismo voy a darle una moneda para que la meta en la hucha.

Zaddie cogió la moneda y salió corriendo del aula. Y, si aún no se había rendido a ella, en ese momento se convirtió de por vida en la protegida de Elinor Dammert.

Un día de octubre, al volver a casa del aserradero para comer, Oscar se enteró por casualidad —a través de Ivey Sapp— de que su madre y Sister tenían previsto ir a pasar la noche a Pensacola para visitar a una modista a primera hora de la mañana. Oscar supo al instante que Mary-Love no había mencionado nada acerca de aquella ausencia inminente porque no quería que su hijo aprovechara la ocasión para pasar el día con Elinor Dammert. Oscar salió al porche trasero y llamó a Zaddie. La chica, que estaba sentada bajo uno de los robles acuáticos que habían seguido creciendo (a pesar de que ya era otoño), se acercó.

—Zaddie, tú sabes dónde da clase la señorita Elinor, ¿no?

—Sí, he estado allí —dijo Zaddie.

—¿Puedes llevarle una nota de mi parte? Si lo haces te daré veinticinco centavos.

—Trato hecho, señor Oscar —dijo con entusiasmo la muchacha, que lo habría hecho encantada solo para tener ocasión de volver a ver aquella aula llena de niños blancos. Aunque no lo dijera, Zaddie estaba segura de que sabía leer mejor que la mitad de ellos.

Oscar entró en casa y escribió una nota en la mesa de la cocina. Entonces la dobló, se la dio a Zaddie y, tras despedirse de su madre y de Sister, volvió al aserradero.

A última hora de la tarde, Mary-Love y Sister partieron hacia Pensacola en el Torpedo descapotable conducido por Bray. A Bray le habían enseñado a conducir los dos automóviles de la familia, y poco a poco se había convertido en el chófer de los Caskey. Mary-Love le dejó a su hijo una nota en la que le anunciaba que habían salido de viaje de improviso y le comunicaba que le habían dejado la cena preparada en la mesa de la cocina. Pero Oscar ignoró tanto la nota como la cena: comió en la casa contigua y luego llevó a la señorita Elinor y a Grace al cine Ritz a ver *El fantasma de Rosie Taylor*. Tras la inundación el Ritz había reabierto y ahora lucía una tapicería escarlata y un nuevo piano de palo santo.

Más tarde, después de que Grace se acostara, la señorita Elinor y Oscar dieron un pequeño paseo hasta el río. Se sentaron en el muelle a contemplar la luna hasta que el reloj del ayuntamiento dio las doce. Oscar aseguró que no había aguantado despierto hasta tan tarde desde que intentó salvar las casas de los Caskey de la riada.

A partir de entonces, Zaddie tuvo un nuevo trabajo como mensajera. Todos los días entregaba a la señorita Elinor la nota que el señor Oscar escribía sentado a la mesa de la cocina, justo después de comer. La señorita Elinor leía la nota y le escribía otra de respuesta. Con el papel en la mano, Zaddie iba al aserradero y se dirigía directamente al despacho del señor Oscar. Tanto en la escuela como en el aserradero, todos sabían qué estaba haciendo Zaddie, quién había escrito las notas y a quién iban dirigidas.

Zaddie empezó a conocer a las alumnas de la señorita Elinor por su nombre, y una vez que llegó justo a la hora del recreo, incluso saltó a la comba con ellas y enseñó a todas esas blanquitas una canción que no habían oído nunca.

Elinor Trimble Toe es una buena pescadora,
descama sus peces y los fríe sin demora;
boca arriba unos, otros boca abajo,
descama sus peces y fríe a destajo.
Al suelo cayó el reloj y se marchó el ratón,
tris-tras a casa de la abuela.
La encontró muerta en un rincón,
con un trapo entre las muelas.

Zaddie estaba orgullosa de sus recados diarios y no le importaba lo más mínimo que la señora Mary-Love hubiera dejado de hablarle por su papel en el cortejo entre la señorita Elinor y el señor Oscar.

Como la comida principal era al mediodía y la cena consistía en sobras, cada vez que Oscar anunciaba que se iba a comer a casa de James, donde servían comida caliente, Mary-Love apenas podía protestar.

—No deberías molestar a James —se aventuró a objetar Mary-Love cuando ya no aguantaba más—. Le estás costando un dineral.

Pero Oscar se encogió de hombros.

—Mamá, James come aquí todos los días y no le cobras ni un centavo —se limitó a contestar—. Puede permitirse el lujo de invitarme a cenar de vez en cuando.

—¡Todas las noches!

—Tú y Sister también estáis invitadas...

—Si todos fuéramos todos los días, la pobre Roxie acabaría agotada.

—Eso no es verdad. Roxie no tiene que cocinar durante el día. De hecho, me dijo que no entendía por qué tú y Sister os coméis la comida fría cuando podríais comer caliente.

Mary-Love no respondió, pues no pensaba admitir que se negaba a sentarse en la misma mesa que Elinor Dammert. Porque la guerra, claro está, seguía sin declararse oficialmente. Sister, quien también tenía prohibido visitar la casa de su tío, se limitaba a picotear de su plato frío mientras se preguntaba de qué estarían hablando en casa de James.

En todo Perdido no había una madre y una hija más unidas que Mary-Love Caskey y Sister, pero eso no significaba que siempre se contaran todo lo que pensaban o sabían. De hecho, a ambas les gustaba ocultarse pequeños secretos, secretos que podían soltar en el momento más oportuno, para maximizar su efecto, como un niño pequeño que lanza un petardo bajo la cama de su hermana mientras esta duerme la siesta durante una tarde de verano.

Lo que Sister ocultaba en aquel momento no era exactamente un secreto, sino más bien una opinión, y esa opinión tenía que ver con Elinor Dammert. Sister creía que Elinor era una joven poderosa, y que el poder que ejercía era ni más ni menos que el tipo de poder al que la propia Mary-Love estaba habituada. Elinor Dammert ponía las cosas en su sitio. Movía los hilos. Ponía orden. Cogía a las personas y las colocaba donde quería, como un niño jugando con las figuritas de un arca de Noé en miniatura. Sister incluso tenía una imagen mental de James Caskey como una figura de madera: en su mente se sostenía sobre una base redonda, ambas piernas representadas por un tallo único. Grace también era una figurita, aunque mucho más pequeña. Zaddie estaba pintada de negro y Oscar sonreía de oreja a oreja. Y en las imaginaciones de Sister, Elinor Dammert agarraba a todas esas figuras por la cintura, las levantaba, se las llevaba por ahí y las volvía a dejar en el suelo. Las figuras se tambaleaban un poco, pero se mantenían en su sitio.

Mary-Love, en cambio, recurría a la adulación y a estratagemas psicológicas para imponer su voluntad. Sister sospechaba que Elinor era la más poderosa de las dos. Y si parecía que a veces lo era Mary-Love, era solo porque Elinor se contenía: era capaz de manejar a Oscar a su antojo, pero deseaba que fuera él quien acudiera a ella por voluntad propia. Elinor podía derribar la figurita de madera que era Mary-Love Caskey cuando quisiera, y hacerla rodar y rodar hasta que a Mary-Love le dieran náuseas. La joven jugaba con su suegra y se aprovechaba de su ceguera respecto a su propia inferioridad, tal vez para comprobar si Oscar era capaz de sobreponerse a su madre sin ayuda de nadie. Y esa era la opinión que Sister le ocultaba a su madre, a la espera del momento oportuno para soltarla.

Una noche, pocos días antes de Acción de Gracias, a Sister le dolía la cabeza. Mary-Love se había pasado toda la tarde hablando de la señorita Elinor, un tema del que Sister ya estaba un poco harta, sobre todo porque consideraba que todas las afirmaciones de su madre sobre el asunto eran cínicas e inexactas. Cuando se sentaron juntas a la mesa de la cocina a comerse los restos de chuletas de cerdo y maíz, Mary-Love retomó el tema justo donde lo había dejado.

—No sé qué vamos a hacer el Día de Acción de Gracias.

—¿A qué te refieres, mamá? —dijo Sister con tono cansado, retirando la grasa de la chuleta.

—Bueno, lo celebraremos aquí, claro está. Y vendrán James y Grace, pero lo que me gustaría saber es ¿qué va a hacer James con esa mujer?

Mary-Love Caskey no era capaz ni de pronunciar «señorita Elinor» en voz alta, de modo que siempre la llamaba «esa mujer». Y eso a veces generaba confusión, ya que hasta entonces siempre había reservado ese apelativo para Genevieve Caskey.

Sister no contestó, pero como siempre respondía a todos los comentarios de su madre, su silencio resultó de lo más elocuente.

—¿Y bien, Sister?

—¿Has hablado con James? —preguntó ella—. ¿Lo has invitado expresamente?

—¡Claro que no! ¿Por qué iba a hacerlo? ¿Adónde más van a ir el Día de Acción de Gracias?

—James espera que invites a la señorita Elinor.

—¡Ni hablar! ¿Eso te lo ha dicho él?

—Sí —respondió Sister—. Dice que espera que cruces el patio y extiendas una invitación personal a la señorita Elinor para que venga a comer aquí el Día de Acción de Gracias.

—¡Ni hablar! ¡Esa mujer aún no ha puesto un pie en esta casa, y no pienso abrirle las puertas ahora!

—En ese caso, James dice que él, Grace y la señorita Elinor celebrarán la comida de Acción de Gracias allí y te invitarán a unirte. Y que si no quieres ir, es asunto tuyo.

—Sister, ¿por qué me das tú este ultimátum? ¿O es que hay otra palabra para describirlo? —dijo, con una clara intención retórica. Y acto seguido, por si Sister no había captado la pregunta, Mary-Love se contestó a sí misma—: No, no la hay. Es un ultimátum.

—James me ha pedido que te lo dijera. Me lo ha pedido esta tarde.

—¡Sister! —exclamó Mary-Love, muy ofendida—. ¿Tú te crees?

Corrió hacia la ventana de la cocina y miró al exterior. El comedor de la casa de James estaba iluminado y, a través de la ventana, vio cómo la señorita Elinor servía algo en el plato de Grace.

—Mamá —dijo Sister, cuyo dolor de cabeza empeoraba por momentos—, todo el mundo en el pueblo piensa que estás loca de remate por tenerle tanta manía a la señorita Elinor. En el pueblo todos la adoran.

—¡Pues yo no!

—Todos menos tú, mamá.

—¡Bray tampoco!

—Mamá, te voy a decir algo...

—¿Qué?

—Creo que será mejor que te empiece a gustar la señorita Elinor.

—¿Por qué dices eso, Sister?

—Porque Oscar terminará casándose con ella.

Mary-Love se apartó de la ventana y contuvo el aliento.

—De hecho —añadió Sister sin medias tintas—, me sorprendería que no se lo hubiera pedido ya.

Y lo cierto era que, en el preciso instante en que la señorita Elinor servía una cucharada de guisantes ingleses en el plato de Grace, Oscar le estaba dando vueltas a esa misma pregunta.

—¿Sabe qué, señorita Elinor?

—¿Qué? —preguntó ella.

—He estado pensando en Zaddie.

—¡Vais a matar a la pobre chica de tanto hacerla caminar! —dijo James entre risas desde la cabecera de la mesa. Ahora que Elinor pasaba allí todas las noches y Oscar los acompañaba casi a diario, James sentía algo parecido a lo que debía de ser tener una familia de verdad.

—Es justo lo que estaba pensando —dijo Oscar.

—Zaddie tiene más dinero que cualquier otra niña de Perdido, blanca o de color —dijo la señorita Elinor, que cortaba el jamón muy erguida en la silla—. Oscar, cada vez que la ve acercarse le da una moneda. Y lo mismo hago yo.

—Pero tiene las piernas cansadas... —dijo Oscar.

—¿Y qué puede hacer Elinor por las piernas de la pobre Zaddie? —preguntó James.

Zaddie, que había escuchado esta conversación desde la cocina, apareció por la puerta y se levantó la falda para mostrar que sus piernas estaban perfectamente.

—La señora Digman no me dejará poner un teléfono en el aula, Oscar —dijo Elinor—. Si quiere seguir enviándome notas, va a necesitar a alguien que las entregue.

—A mis piernas no les pasa nada... —dijo Zaddie, pero Roxie la agarró de la falda y se la llevó de vuelta a la cocina.

—A los blancos no les gusta tener delante a una niña negra mientras comen —sentenció Roxie—, a menos que sea para llevarles un plato caliente.

La puerta de la cocina se cerró y durante un rato Zaddie no oyó nada más.

—Pero, ¿y si estuviéramos casados? —dijo Oscar—. Entonces no tendría que enviarle notas.

Elinor levantó la vista. Entonces miró a James Caskey.

—Señor James —dijo Elinor—, creo que Oscar me está proponiendo matrimonio.

—¿Y va a aceptar? —preguntó James con expresión jovial.

—¿Tú que dices, Grace? ¿Debería casarme con tu primo Oscar?

—¡No! —exclamó Grace, con la angustia pintada en el rostro.

—¿Por qué no?

—¡Porque no quiero que te vayas!

—¿Adónde me iba a ir? —preguntó Elinor, y se volvió hacia Oscar—. Oscar, si me casara contigo, ¿me llevarías a algún otro sitio?

—¡No voy a marcharme nunca de Perdido, señorita Elinor!

—Me refiero a otra casa, Oscar. ¿Dónde propones que vivamos?

—No lo sé —dijo Oscar después de unos instantes—. Se me acaba de ocurrir en este momento, mientras James contaba que no ha recibido ninguna carta de Genevieve, que yo también debería estar casado. Entonces he levantado la vista y ahí estaba usted, igual que yo. La verdad, no he tenido tiempo de planearlo todo. Ni siquiera he comprado un anillo, señorita Elinor, así que no me pida uno: no podría dárselo ni aunque me pusiera un cuchillo en la garganta y me lo exigiera.

Grace cogió su cuchillo y lo blandió en el aire, como incitando a Elinor para que lo usara. Pero fue su padre quien expresó lo que Grace estaba pensando.

—Oscar —dijo James—, no creo que sea correcto que te lleves a la señorita Elinor lejos de Grace y de mí.

Oscar se giró y, a través del patio, miró la cocina iluminada de su casa. Vio a su madre de pie tras la ventana, observándolos.

—Tampoco creo que a mamá le haga mucha gracia cuando llegue el momento...

—Oscar —dijo Elinor—, la señora Mary-Love no soporta que te acerques a mí. Desde luego que no le va a hacer ninguna gracia que me lleves del brazo por el pasillo de una iglesia.

—¡Pero bueno, Elinor! —exclamó James Caskey—. ¿No ha estado nunca en una boda? En las bodas, el novio aguarda de pie ante el altar, y es el padre quien acompaña a la novia por el pasillo. Aunque si dice que su padre ha muerto, supongo que tendré que ocupar yo su lugar.

—¡Señor James, por favor! ¡Ni siquiera le he dado el sí a Oscar!

—¡No digas que sí! —gritó Grace—. ¡Quiero casarme yo contigo!

—Preciosa —dijo Elinor con una sonrisa—, si las chicas se casaran con chicas, me casaría contigo. Pero las chicas tienen que casarse con chicos.

Oscar sonrió y saludó a su madre. Mary-Love desapareció de la ventana.

—Oscar —dijo Elinor—, ya que no se me permite casarme con Grace, supongo que tú y yo tendremos que celebrar una boda. Pero quiero que sepas desde ahora mismo que preferiría casarme con Grace.

Grace apoyó la cabeza sobre los puños, con gesto disgustado, y se negó a levantar la vista de su plato.

Esa misma noche, Oscar le anunció su compromiso a Sister, y esta se lo contó a Mary-Love. Mary-Love se encerró en su habitación y no salió en tres días, con la excusa de que estaba indispuesta. Sister tuvo que hacerse cargo de todos los preparativos de la comida de Acción de Gracias, incluido invitar a James, a Grace y a la señorita Elinor.

En la mañana de la celebración, Mary-Love tenía un aspecto desmejorado y abatido, como si acabara de enterarse no solo de que su primo favorito había muerto, sino de que no le había dejado ninguna herencia. Cuando llegaron James, Grace y la señorita Elinor, fue ella quien les abrió la puerta. Era la primera vez que Elinor Dammert entraba en su casa.

—Sister me contó que usted y Oscar se van a casar —dijo Mary-Love.

—¿No te lo dijo Oscar? —preguntó James.

—No, me lo dijo Sister —respondió Mary-Love.

—Pues Sister estaba en lo cierto —dijo Elinor sin atisbo de vergüenza—. Oscar y yo nos vamos a casar. Su hijo temía que llevarme tantas notas fuera demasiado para las piernas de Zaddie. En un matrimonio no hace falta enviarse notas...

—Pues sí, Zaddie podría hacer cosas más útiles que andar con notitas de acá para allá —espetó Mary-Love—. Podría arrimar el hombro en casa. Me pregunto por qué le pagamos; a veces pienso que Zaddie sería más provechosa a lomos de la vieja mula de Creola Sapp.

Mary-Love tendía a perder las formas cuando estaba angustiada.

Durante la comida de Acción de Gracias la señorita Elinor no dio muestra alguna de triunfalismo, aunque tampoco se acobardó ante los desplantes de Mary-Love. Se la veía muy a gusto y, de hecho, en una ocasión en que James le contó un chiste a Sister, se rio con ganas.

De postre había dos pasteles, uno de chocolate y otro de coco; y tres tartas, de crema de Boston, de nueces de pecán y de carne picada. Sister y la señorita Elinor los cortaron y los sirvieron.

—Sister dice que aún no hay fecha para la boda —observó Mary-Love al recibir su porción.

—Así es —confirmó James—. Como es lógico, primero queríamos consultarlo contigo, Mary-Love.

—Le corresponde a la familia de Elinor tomar las decisiones —dijo Mary-Love.

—Toda mi familia está muerta —respondió Elinor. Toda la mesa se la quedó mirando con gran asombro. Nadie sabía nada de aquello, a excepción de James, que lo había olvidado. Todos daban por hecho que le quedaban aún muchos parientes en Wade y alrededores.

—¿Toda? —preguntó Sister.

—Yo soy la última.

—En ese caso, mamá, vas a tener que ayudarnos —dijo Oscar.

—Lo primero que hay que hacer —se apresuró a decir Mary-Love— es fijar la fecha.

—Muy bien, mamá —dijo Oscar con entusiasmo. Durante el transcurso de la comida, Mary-Love había dirigido varios comentarios a la señorita Elinor, pero ninguno a su propio hijo. Y en una ocasión en que Oscar le había preguntado algo directamente, su madre había fingido no oírlo para no contestarle.

—Un año a contar desde hoy —dijo Mary-Love.

La señorita Elinor se quedó inmóvil justo detrás de Mary-Love, con un plato de tarta en las manos. El plato era para Grace, que trató de alcanzarlo en vano. Elinor miró fijamente a Oscar, pero no dijo nada.

—¡Eso es mucho tiempo, mamá! —protestó Oscar—. Elinor y yo pensábamos más bien en febrero. Tú estás hablando de...

—Señorita Elinor, usted y Oscar no tienen ningún lugar donde vivir, ¿verdad?

Por fin, Elinor volvió en sí y le sirvió el pastel a Grace.

—No, señora —dijo—. Aún no. Pero no creo que sea difícil encontrar algo.

—Algo adecuado sí —repuso Mary-Love, con la mirada fija al frente—. Algo realmente apropiado. Si se casaran en febrero, tendrían que vivir aquí, con Sister y con conmigo.

—¡No! —protestó Grace—. La señorita Elinor dijo que...

—¡Cállate, niña! —le espetó Sister en voz baja.

—Los he invitado a vivir conmigo, Mary-Love —dijo James.

—James, tú tienes aún menos espacio que yo. Además, los recién casados no deben compartir casa. Los recién casados necesitan tiempo para estar a solas.

Mary-Love hablaba en un tono glacial, que contradecía la benevolencia de sus palabras.

—Bueno, mamá, pero no veo cómo esperar un año va a resolver ninguno de esos problemas —intervino Oscar—. Igualmente tendríamos que encontrar un lugar donde vivir...

—No —soltó Mary-Love, mirando a su hijo por

primera vez desde que habían empezado a comer. Oscar se sonrojó y apartó la mirada. Elinor, que había vuelto a ocupar su lugar en la mesa, observaba a su futuro marido en silencio—. Ya he decidido cuál va a ser mi regalo de bodas.

—¿Qué nos vas a regalar? —preguntó Oscar, levantando la vista.

—Os voy a construir una casa —dijo MaryLove—. Aquí al lado, entre esta casa y el límite del pueblo —añadió a toda prisa, antes de que nadie tuviera la oportunidad de expresar su sorpresa—. Pero aunque empezaran mañana, y no lo harán, porque aún no se lo he dicho a nadie, no estaría terminada antes de abril o mayo, y después habrá que amueblarla. Sister y yo nos encargaremos de eso, señorita Elinor; usted no tendrá que hacer nada.

Elinor no respondió.

—Y entonces, cuando la casa esté lista, podremos planear la boda. Eso nos llevará algunos meses más. Oscar es mi único hijo y quiero asegurarme de que todo salga bien. ¿Oscar? —preguntó entonces, exigiéndole que aprobara el plan sin objeciones.

Oscar se volvió y miró a Elinor Dammert, pero esta no dijo nada, no movió los ojos, ni siquiera alteró su expresión. Oscar no recibió ninguna pista sobre cuál creía que debía ser su respuesta, y su simpleza masculina le impidió comprender que, de hecho, la ausencia total de pistas ya era en sí una pista considerable.

—Mamá, ¿tiene que ser un año entero? —preguntó por fin.

—Sí —sentenció Mary-Love, y Oscar asintió con la cabeza—. ¿Señorita Elinor? —preguntó Mary-Love.

—Lo que Oscar decida —dijo la señorita Elinor, llevándose un trozo de pastel de coco a la boca.

6

La represalia de Oscar

Los inviernos eran moderados en Perdido, pero hacia finales de enero casi siempre había una ola de frío que duraba una semana. Cada año, sin excepción, alguna anciana negra del campo, de esas que vivían en casas destartaladas con las paredes hechas de papel de periódico, sucumbía al frío; y un día, cuando iban a recoger las últimas nueces de pecán, sus bisnietos la encontraban muerta. Las esposas e hijas de los propietarios de los aserraderos disponían de unos días para lucir sus abrigos de piel. Las tuberías estallaban en las casas, y todo el mundo se reunía en la cocina, alrededor del fuego. Pero a excepción de esa única semana, uno podía sentarse en el porche delantero durante todo el año. Y nunca hacía tampoco tanto frío como para que la señorita Elinor no pudiera ir a la escuela en el bote verde de Bray. La gente del pueblo solía comentar que la señorita Elinor era tan inmune al frío del agua del río como los peces que nadaban en él.

Durante el invierno de 1920 —el primero de Elinor en Perdido—, el pacto entre Mary-Love y Oscar corrió como la pólvora por el pueblo, y a nadie se le pasó por alto la verdadera naturaleza del acuerdo: a cambio de que Oscar pospusiera la boda durante un año —tiempo durante el cual Mary-Love esperaba, sin duda, que el compromiso se rompiera—, esta iba a construirle a su hijo una bonita casa al lado de la suya. Y en el caso de que se cumpliera su deseo y que la señorita Elinor se fuera por donde había venido, Mary-Love no perdería a su hijo soltero y su único problema sería qué hacer con la casa. Aunque tal vez, como muchos conjeturaban, sería ella misma quien terminaría instalándose en la propiedad.

Nunca se supo qué opinaba la señorita Elinor del acuerdo. Esta nunca se quejó, aunque pasaron las Navidades y llegó el año nuevo, y aún no había nada hecho: ni unos planos que estudiar, ni un solo poste clavado en el suelo, ni un permiso de construcción que pegar a ese poste inexistente, ni un contrato con ningún constructor, ni un triste cordel clavado en la tierra arenosa. Mary-Love pasó el invierno entretenida en sus cosas, y cada vez que Oscar sacaba el tema, exclamaba: «¡Ay, Oscar, va a ser la casa más bonita del pueblo!», y acto seguido abandonaba el salón musitando alguna excusa.

En la primavera de 1920 volvieron las lluvias, aunque no fueron tan intensas como el año anterior. Todo el mundo estaba inquieto y miraba con recelo los ríos cada vez que pasaba por delante (lo cual, considerando la orografía de Perdido, sucedía bastante a menudo). La gente del pueblo adquirió el hábito de preguntarle a la señorita Elinor qué pensaba sobre el asunto. Al fin y al cabo, navegaba por el Perdido todos los días. Incluso los sábados y domingos, cuando no tenía que trabajar, iba remando a la iglesia, con Oscar en la parte delantera del bote, sin mover un dedo y más contento que unas pascuas.

Si alguien de su clase en la escuela dominical le reprochaba que permitiera a la señorita Elinor hacer todo el trabajo, él se limitaba a responder: «Pero bueno, ¿tú crees que yo tengo la fuerza necesaria para cruzar la confluencia a remo? He estado pensando en contratar a Elinor para que remonte el Blackwater y me corte unos cuantos cipreses. De hecho, me dijo que si contrataba a algún joven que luego la ayudara a traerlos al pueblo, lo haría».

Sea como fuera, la señorita Elinor ya conocía el río mejor que nadie y tenía que saber si se avecinaba otra inundación. Ella los tranquilizaba: aquel año no habría ninguna riada. ¿Cómo lo sabía? Por la forma en que las ramas flotaban en la confluencia y por el tipo de ramas que el agua llevaba. Por la velocidad del remolino y por los animales muertos que succionaba hasta el lecho del río. Por el color del lodo del Perdido. (Hasta ese momento, nadie se había percatado de que el lodo del Perdido cambiaba de color, pero la señorita Elinor les aseguró que sí.) Por cambios sutiles en los bancos de arena y los vórtices, y por la cantidad de arcilla que se depositaba a lo largo de las orillas. En definitiva, por multitud de alteraciones que quienes habían pasado toda la vida junto al Perdido no eran capaces de ver, y menos aún de interpretar. Pero la señorita Elinor se lo aseguró, por lo que todo el mundo se convenció de que aquel año no iba a haber inundaciones.

Aunque eso no significaba que no lloviera. Porque llovió, y con abundancia. Durante la floración de las azaleas, de finales de febrero hasta marzo, hubo lluvias ligeras y las flores murieron de forma natural en las ramas. Cuando llegó el momento de la floración de las rosas, las lluvias se intensificaron y el agua cayó con fuerza sobre la tierra.

Si empezaba a llover en horario escolar, la señorita Elinor les pedía a sus alumnos que abrieran las ventanas. «¡Oled la lluvia!», les decía, y ellos se llenaban los pulmones con aquel aire cargado de humedad. Si estaba en casa, la señorita Elinor se sentaba en el porche delantero y acercaba la silla a los escalones. Zaddie y Grace se colocaban una a cada lado y se quedaban hipnotizadas mirando cómo el agua de la lluvia caía del tejado formando una cortina que salpicaba los escalones y la barandilla del porche, y les empapaba los pies y los bajos de los vestidos. A veces Zaddie y Grace hacían amago de retirarse, pero la señorita Elinor las tranquilizaba:

«Ya se secará, no os preocupéis. ¡Nada se seca más rápido que el agua de lluvia! Es el agua más dulce que existe». Entonces se inclinaba hacia delante, recogía con las manos el agua que caía del tejado y se la ofrecía a Grace y Zaddie, que la lamían como perritas obedientes.

Oscar se sentía culpable, no solo por haber cedido ante su madre, sino también porque Elinor se negaba a decirle que se había equivocado. El noviazgo seguía como antes, con esa única excepción: cada vez que surgía el tema del regalo de bodas de Mary-Love, o de la fecha de la ceremonia, Elinor guardaba un silencio pertinaz y no respondía a los interrogatorios de Oscar más que con un «sí» a regañadientes o con un hosco «no».

Pero Oscar estaba decidido a demostrarle a Elinor que no era débil, que podía plantarle cara a su madre. Había dado su consentimiento a aquel pacto y, desde luego, tenía que atenerse a él, pero no haría ningún pacto nuevo, ni ningún cambio: no iba a permitir ni una semana de retraso en la boda. Y luego estaba la cuestión de la casa.

—Mamá, lo estás postergando —le dijo un día a Mary-Love.

—¡Que no! ¿Qué es lo que estoy postergando?

—La casa. No estás haciendo nada al respecto porque no quieres que Elinor y yo nos casemos.

Mary-Love tuvo que morderse la lengua, pues no osaba decir una mentira tan grande como habría sido negar aquella acusación.

—Bueno, mamá, pues déjame decirte una cosa —añadió Oscar—. Elinor y yo nos casaremos el sábado después de Acción de Gracias, con casa o sin ella. Y si no hay casa, nos iremos a vivir a otro lugar. Y ese «otro lugar» puede que esté en Perdido, o puede que no...

Aquel breve discurso bastó para convencer a Mary-Love. Del mismo modo que estaba convencida de que su hijo respetaría el pacto que había hecho con ella, también sabía que era capaz de hacer lo que acababa de decir. Aunque aún hacía frío, al día siguiente fue a Mobile y habló con algunos arquitectos. Uno de esos hombres se desplazó a Perdido el lunes siguiente para inspeccionar el terreno y conversar un poco más con Mary-Love acerca del tipo de casa que tenía en mente. Acordaron que las obras empezaran la segunda semana de marzo.

La casa iba a construirse justo al lado de la de Mary-Love, al final del terreno de arena que marcaba el límite del pueblo. De hecho, todas las ventanas del lado oeste de la casa darían directamente al bosque de pinos y cicuta que delimitaba la propiedad de los Caskey. Estaba más alejada de la carretera que la casa de Mary-Love, pero justo en ese punto el Perdido describía un meandro hacia el norte, de modo que ambas casas estaban a la misma distancia del río. Antes de empezar a construir hubo que talar seis árboles de la señorita Elinor. Esos seis árboles tenían ya la envergadura suficiente como para llevarlos directamente al aserradero, donde los cortaron en tablones estrechos que más tarde servirían para construir la celosía de la parte trasera de la casa nueva. El único consuelo que Mary-Love sacó de todo aquel asunto fue la destrucción de los seis árboles de Elinor.

La construcción avanzaba un día tras otro a no más de sesenta metros del porche de la casa de James Caskey, donde solía sentarse Elinor. Si se hubiera puesto de pie y se hubiera inclinado solo un poquito hacia delante, Elinor habría visto la estructura de la casa nueva, pero no iba a tomarse la molestia.

—Señorita Elinor —dijo Zaddie, a sus pies—, ¿por qué no va a ver su nueva casa?

—Es la señora Mary-Love quien está construyendo esa casa —dijo Elinor.

—¡Pero es para ti! —exclamó Grace, que apenas se había acostumbrado a la idea de que Elinor fuera a mudarse a la otra casa. En secreto, había tramado un oscuro plan para escaparse al día siguiente de la boda de Elinor y enviar una nota anunciando que volvería solo con la condición de que ella la adoptara.

—Cuando esa casa esté terminada y sea nuestra,

de Oscar y mía, habrá tiempo de sobra para pasarse por allí y ver las habitaciones.

Oscar sabía que Elinor no había estado en la casa, aunque desde primeros de mayo ya se podía acceder al primer piso. Iba a ser la casa más grande y más bonita de Perdido, y Oscar se deleitaba describiéndosela. Detallaba todos los lujos y esbozaba planos de la distribución, no como si fuera la casa que estaban construyendo justo al lado (y a la que se mudarían pronto), sino más bien un mausoleo de mármol situado en el otro extremo del mundo, que Elinor no visitaría jamás. Elinor escuchaba con suma paciencia las palabras embelesadas de su prometido y, cuando este terminaba, se limitaba a decir:

—Parece que va a ser muy bonita, Oscar. Y sé que estás impaciente por vivir allí.

—Pero ¿y tú? ¡Mamá está construyendo la casa tanto para ti como para mí, Elinor!

—Bueno, prefiero no pensar en nada de eso hasta el sábado después de Acción de Gracias —respondía entonces Elinor.

Un día, después de varias conversaciones como esa, Oscar fue a hablar con Sister.

—Sister, Elinor cree que voy a echarme atrás. Cree que voy a dejar que mamá vuelva a engañarme. Tú sabes que mamá me tendió una trampa, ¿verdad?

—Elinor solo está enfadada —dijo Sister—. Está decepcionada porque no fueras más listo.

—¡Me cogió desprevenido! —protestó Oscar—. ¡Mamá me tendió una trampa mientras comíamos!

—Se supone que los hombres son más listos que las mujeres —dijo Sister.

—Es la primera vez que oigo decir eso a alguien de Perdido —dijo Oscar—. Además, Sister, ¡no me creo ni loco que lo digas en serio!

—No, claro que no lo digo en serio —admitió Sister al cabo de un momento—. Oye, Oscar —añadió entonces, con un tono que su hermano no le había oído nunca. Estaban en la habitación de Sister. Esta le había invitado a sentarse y él había ocupado una silla junto a la ventana, desde donde se veían el río y los árboles de Elinor—. Oscar, Elinor está esperando.

—¿A qué te refieres?

—A que Elinor está esperando a que rectifiques.

—Sister, no tengo ni idea de qué estás hablando.

—Si te pararas a pensar un momento lo sabrías —dijo Sister con exasperación—. Si Elinor no ha dicho nada es solo porque quiere jugar limpio.

—¿Jugar limpio? —repitió Oscar.

—Oscar, ¿tú no crees que si la señorita Elinor se hubiera puesto firme desde el principio, en estos momentos estaríais casados? ¿No ves que la casa estaría terminada y estaríais ya viviendo en ella?

Oscar se lo pensó un momento y asintió con la cabeza.

—Oscar, mira que eres bobo...

—¡Ya lo sé! —exclamó él, y lo decía en serio.

—¿Cómo es posible que no te des cuenta de lo mucho que se parecen Elinor y mamá? Mamá te dice lo que tienes que hacer y tú lo haces. Elinor te dice lo que tienes que hacer y tú lo haces.

—Pero es que ahí está el problema, Sister: ¡Elinor no me dice qué es lo que quiere!

—Pues claro que no, ni te lo dirá —repuso Sister—. Está esperando a que reacciones tú solo. Por eso no dirá nada. No va a decir nada en contra de mamá, ni te va a decir lo que tienes que hacer. Pero, Oscar, por Dios, si te pararas a pensar aunque fueran cinco minutos sabrías perfectamente lo que tienes que hacer. La verdad, no entiendo cómo no lo has hecho ya.

Sister se levantó y salió de la habitación. Oscar se quedó un cuarto de hora ahí sentado, contemplando el río por la ventana. Era la primera vez en toda su vida que escuchaba a Sister hablar con tanto aplomo.

El último jueves de mayo, Oscar pasó por casa de su tío de camino a la suya. Como de costumbre, Elinor, Zaddie y Grace estaban sentadas en el porche delantero. Zaddie y Elinor estaban desgranando guisantes tempranos, mientras Grace leía en voz alta un libro sobre esquimales. Oscar se agachó para acercarse a Elinor.

—Elinor —le dijo sin preámbulos—, ¿crees que mañana podrías tomarte el día libre?

—Podría —respondió Elinor—. ¿Por alguna razón en concreto?

—Sí —dijo Oscar.

—En ese caso, me tomaré el día libre —aseguró Elinor, sin preguntarle siquiera cuál era la razón.

—¿Por qué? —quiso saber Grace.

—¡Shhh! —la mandó callar Oscar—. Ni una palabra a mi madre, ni a nadie. ¿Entendido? ¿Grace? ¿Zaddie?

—¡Entendido! —exclamaron las niñas al unísono.

—Yo también me voy a tomar el día libre —dijo Oscar—. Elinor, pasaré a buscarte en cuanto mamá salga hacia Mobile. Va a ir con Caroline DeBordenave, y sé que a la señora Caroline le gusta salir temprano.

Elinor asintió y se limitó a decir:

—Oscar, la señora Mary-Love está mirando desde el porche lateral y seguramente se esté preguntando qué estás susurrando.

—¡Hola, mamá! —gritó Oscar, girándose para saludarla—. ¡Ahora mismo voy!

Caroline DeBordenave y Mary-Love Caskey salieron a las siete de la mañana del día siguiente en el automóvil de Caroline. Tenían la intención de pasar la noche en Mobile. Oscar, que se había entretenido tanto con el desayuno que su madre había empezado a sospechar, se levantó para ver partir el coche.

—Sister —dijo entonces—. ¿Puedes ayudarnos hoy a Elinor y a mí?

—¿Ayudaros? —preguntó Sister, cortando la corteza de una tostada—. ¿A qué?

Oscar se volvió hacia ella con una sonrisa.

—A casarnos.

Zaddie rastrillaba el patio mientras escudriñaba el cielo despejado y se preguntó cuándo llegarían las nubes. Sabía que iba a llover porque se lo había dicho la señorita Elinor. Ella, Grace y James Caskey seguían desayunando. Oscar entró en casa de James sin llamar.

—Zaddie irá a la escuela a las siete y media y le dirá a la señora Digman que no me encuentro bien —dijo Elinor, que aún no le había preguntado a Oscar por qué le había pedido que se quedara en casa.

—Yo soy el director del consejo escolar —dijo James Caskey—. Oscar, no puedo permitir que Elinor mienta a la señora Digman, de modo que quiero que nos cuentes qué está pasando aquí.

—Elinor y yo nos vamos a casar hoy.

Elinor no pareció sorprenderse en absoluto.

—¿Y qué piensa la señora Mary-Love de eso?

—No lo sé —dijo Oscar.

—¿Qué pasa con vuestro pacto? —preguntó Elinor.

—¡Mamá me engañó! ¡Me cogió por sorpresa!

—Esto no le va a hacer ninguna gracia, Oscar. Puede que incluso cambie de opinión sobre lo de regalarte la casa.

—¿Y a quién se la va a dar? —preguntó James Caskey, realmente orgulloso de la decisión de Oscar, aunque significara engañar tanto a la señora Digman como a Mary-Love.

—¡A mí! —exclamó Grace—. Yo la quiero. Tiene un porche para dormir en el primer piso y la tía Mary-Love me dijo que iba a poner cuatro columpios. Podríamos vivir allí papá, tú, yo y Zaddie.

—No voy a marcharme de esta casa —respondió James, que siempre respondía a las ideas descabelladas de su hija con la mayor gravedad.

—Mamá no puede hacer nada —dijo Oscar—. Ya tengo la licencia matrimonial, he hablado con la señora Driver y no hay nada más que decir.

—Me alegro —dijo James—. Creo que estás haciendo lo correcto, Oscar. Has tomado una buena decisión, pero quiero que la señorita Elinor sepa que aquí, sin ella, nos vamos a morir de pena. ¿Verdad, Grace?

Grace asintió vigorosamente con la cabeza.

—¡Nos vamos a morir!

—¡No es verdad! —exclamó Elinor—. ¿Dónde vamos a celebrar la boda? ¿Y cuándo?

—Hoy, por supuesto. Mientras mamá está en Mobile. Pero no sé dónde, la verdad...

—¡Aquí! —gritó Grace.

—Sí, aquí —dijo James—. Celebradla aquí, en el salón.

—De acuerdo —dijo Oscar.

Elinor se tomó la propuesta de Oscar con una serenidad casi desconcertante, como si llevara meses esperando aquel hecho tan inesperado.

—Oscar, quiero terminar de desayunar —se limitó a decir—. Y luego tendré que ver qué me pongo. No me has dado mucho tiempo para prepararme.

Pero Sister ya se estaba ocupando del vestido. Había pedido ayuda a la señora Daughtry, la modista, que llamó a la puerta antes incluso de que Elinor terminara de desayunar. Aún tenía una galleta en una mano y una taza de café en la otra cuando la señora Daughtry empezó a tomarle las medidas.

Durante toda la mañana, mientras la señora Daughtry estaba en la sala de costura, cosiendo el vestido de novia de Elinor Dammert, Ivey Sapp se dedicó a hornear pasteles y tartas, y Roxie Welles a preparar la cena nupcial. Zaddie cogió un hacha y bajó a la orilla del Perdido a cortar ramas de árboles para decorar el salón de James Caskey.

Elinor, Oscar y James se sentaron a tomar una comida rápida a las doce, acompañados por Annie

Bell Driver. Elinor llevaba casi un año en el pueblo, pero no se relacionaba con nadie más que con James, Grace y Oscar. Más allá de la familia Caskey y de los niños de la escuela, Elinor solo veía a Annie Bell Driver. Esta solía pararse a charlar un cuarto de hora al pasar con su carreta por delante de la casa de James Caskey si la veía sentada en el porche. Elinor y la predicadora no eran en absoluto íntimas, pero Annie Bell conocía a Mary-Love y sabía lo que opinaba del compromiso de su hijo con la señorita Elinor. Así pues, Oscar había pedido a Annie Bell que celebrara la ceremonia nupcial no solo por su amistad con Elinor, sino también porque ningún otro predicador del pueblo iba a arriesgarse a hacer algo a espaldas de Mary-Love.

Después de la comida, Elinor envió a Zaddie con una nota para la señora Digman en la que le decía que se encontraba mucho mejor, tanto que había aprovechado para casarse con Oscar, y que seguramente no volvería a la escuela hasta el martes. Zaddie regresó con una nota de felicitación de la señora Digman. También llevaba consigo a Grace, cosa que fue buena idea, ya que la niña estaba fuera de sí pensando en la boda y no había prestado la más mínima atención a su maestra en toda la mañana. Por la tarde, Elinor y Oscar hicieron las maletas para la luna de miel y Sister se sentó a llorar en el porche. A las dos empezó a llover, al principio solo un poco. Las nubes ni siquiera cubrían completamente el cielo y el sol brillaba al sur, proyectando un arco iris sobre el río Perdido. Ivey Sapp le dijo a Zaddie que el hecho de que lloviera al tiempo que hacía sol era una prueba irrefutable de que el diablo le estaba pegando a su mujer.

—¡Sister! —exclamó Oscar cuando salió al porche por la puerta principal—. ¿Por qué lloras?

—¡Te vas a casar, Oscar!

—¡Sí, ya lo sé! —dijo Oscar—. ¡Y lo hago a sabiendas! Me he tomado bastantes molestias...

—Pero vas a dejarme aquí con mamá. ¡Menuda desgracia! Quiero irme contigo y con Elinor, hoy mismo. ¡Llévame con vosotros!

—Sister, no podemos llevarte de luna de miel, y lo sabes.

—¡Me quiero ir! No quiero tener que ser yo quien le diga a mamá que te has casado mientras ella estaba comprando cortinas...

—Se lo diré yo, después de la luna de miel. Aunque, si te soy sincero, Sister, no tengo muchas ganas de que llegue ese momento. Pero es mi boda y seré yo quien se lo diga.

—Pero, Oscar, ¡lo sabrá en cuanto vuelva y vea que te has ido, y que Elinor también se ha ido!

—Pues dile que no podíamos esperar. Que no podía esperar el verano entero.

La lluvia chorreaba desde el tejado y repicaba sobre la barandilla del porche. Oscar se apartó. Elinor lo saludó desde la puerta de la casa contigua.

—¡Media hora! —dijo—. ¡Trae a Zaddie y dile a Roxie que la peine!

La boda se celebró a las cinco. El salón estaba decorado con ramas de cicuta y cedro que esa misma mañana colgaban aún sobre el río Perdido. La señora Daughtry no había tenido tiempo de terminar el vestido, que apenas estaba hilvanado, por lo que la modista advirtió a Elinor de que no hiciera ningún movimiento brusco ni intentara levantar los brazos. Zaddie y Grace fueron las damas de honor, vestidas de blanco y con cestas de pétalos de mirto en los brazos. James Caskey fue el encargado de llevar a Elinor al altar. Roxie, Ivey y Bray fueron los únicos invitados, y observaron desde la puerta del comedor. Sister se echó a llorar con amargura en el sofá.

La lluvia no daba tregua y ahora el cielo estaba completamente encapotado.

Para hacerse oír por encima del repiqueteo de la lluvia en las ventanas y el tejado, Annie Bell Driver tuvo que hablar tan alto como si estuviera dando un sermón en una iglesia de Mobile. La lluvia aporreaba los cristales de las ventanas, salpicaba los alféizares y goteaba por la chimenea. Al cabo de un momento, la sala entera olía a hojas empapadas de lluvia.

Bray había metido ya las maletas de la pareja en el Torpedo, y Elinor ni siquiera cogió un paraguas para atravesar el chaparrón hasta el coche aparcado frente a la casa de Mary-Love. Los hilvanes improvisados de la manga saltaron cuando levantó el brazo para despedirse de todos los que la miraban desde el porche. Se sentó riendo en el asiento del copiloto y Oscar, calado hasta los huesos, se alejó con el coche por la calle, donde había ya cinco centímetros de agua acumulada, agua revuelta y teñida del color de la arcilla que había debajo. Agua roja, roja como el Perdido.

7

Genevieve

El primer lunes de junio por la tarde llegó el calor a Perdido. Detrás de las casas de los Caskey el río fluía con menos caudal, aunque más fangoso y rojo que nunca. Mary-Love y Sister se sentaron en el porche lateral, fuera del alcance opresivo del sol, que ya había empezado a descender. Mary-Love tenía dos grandes retales de algodón estampado, uno azul claro y el otro violeta pálido, y con la ayuda de un patrón de cartón iba recortando cuadrados y triángulos. Mientras tanto, Sister, que tenía paciencia y buen ojo, los cosía para formar grandes cuadrados. Una semana más y tendrían suficientes para hacer una colcha de *patchwork*.

Cuando el automóvil de Oscar se detuvo frente a la casa, Sister levantó la vista. Mary-Love no se movió.

—¿Son ellos, Sister? —preguntó esta con tono monocorde.

Sister se volvió con aprensión hacia su madre y asintió con la cabeza. Al regresar de Mobile el sábado anterior, Sister la había puesto inmediatamente al corriente de la precipitada boda de su hijo con la maestra pelirroja. Pero desde el momento en que aquella terrible noticia había salido de los labios temblorosos de Sister, Mary-Love no había permitido que nadie dijera una sola palabra más sobre el tema. Cada vez que alguna amiga —incluso Caroline DeBordenave y Manda Turk— se había acercado a ofrecer sus felicitaciones, ya fueran sinceras o irónicas, Mary-Love las había echado de malos modos. La gente creía que Mary-Love se había tomado mal la noticia, pero nadie podía saberlo con certeza. Desde luego, debía de ser humillante que tu único hijo se casara una tarde aprovechando que estabas en Mobile eligiendo la tela de las cortinas. Mary-Love ni siquiera había ido a la iglesia, y Sister llevaba dos días sin apenas hablarle por miedo a que cualquier palabra pudiera encender el peligroso rencor de su madre hasta convertirlo en una llama abrasadora.

—¿Qué lleva puesto la señora Elinor, Sister?

—Está muy guapa, mamá.

—No lo dudo —dijo Mary-Love, y sus tijeras hicieron *clac clac*.

Elinor y Oscar subieron por el camino de adoquines hasta el porche delantero.

—¡Estamos aquí! —gritó Sister desde el lateral.

Elinor dobló la esquina sin vacilar, mientras Oscar, con una maleta en cada mano, quedaba algo rezagado. Había albergado la débil esperanza de que su madre hubiera decidido abandonar el pueblo durante unas semanas. Pero al verla ahí sentada en el porche, aguardando su regreso con las tijeras en la mano, se quedó inmóvil para intentar recuperarse de la decepción.

—Buenas tardes, Sister. Buenas tardes, señora Mary-Love. Oscar y yo estamos de vuelta.

—Ay, ¡pero qué guapa estás! —exclamó Sister, y se levantó tan precipitadamente que los cuadrados y triángulos de tela aún sin coser cayeron a la alfombra.

—Sister —la reprendió su madre—. ¡Con lo que me ha costado...!

—Perdona, mamá, ¡pero la señorita Elinor está tan guapa! ¿Verdad que...?

—Sí, desde luego —se apresuró a decir Mary-Love—. Ven aquí, Elinor, y dame un beso.

Elinor se acercó y dejó caer un beso en la mejilla que le ofrecía Mary-Love.

—Oscar —añadió Mary-Love.

Oscar dobló la esquina.

—Hemos vuelto, mamá.

—¿No me das un beso?

Oscar obedeció y acto seguido se colocó junto a su esposa ante la silla de Mary-Love.

—Así que no podíais esperar —dijo Mary-Love.

—Ni un minuto más —contestó Elinor.

Mary-Love se los quedó mirando unos cinco segundos. Entonces volvió a coger las tijeras y el patrón de cartón. Al parecer, eso era todo lo que iba a decir al respecto.

—Mamá —dijo Oscar en tono de disculpa—, no es que no quisiéramos que estuvieras en la boda, es que...

—¡Conmigo no hace falta que te disculpes! —lo interrumpió Mary-Love—. ¡No fui yo quien se casó! ¡Y me he ahorrado problemas y gastos! Pero, Oscar, la casa aún no está lista para vosotros, ni por asomo...

—Ya lo sé, mamá, pero...

—¿Dónde pensáis vivir, Elinor y tú? Eso es lo que me gustaría saber.

—Con James —respondió Oscar—. Nos dijo que podemos quedarnos en la habitación de Elinor hasta que nuestra casa esté a punto. Dijo que no quería perdernos y que le haría bien tenernos cerca. Y que Grace tampoco estaba preparada para separarse de Elinor.

Sister apretó los dientes, que rechinaron.

—¿Qué pasa? —preguntó Oscar.

Elinor se sentó en el columpio frente a Mary-Love y Oscar a su lado.

—No os vais a instalar allí —dijo Mary-Love.

—¡No podéis quedaros con James! —intervino Sister—. Ay, ¡pobre Grace!

—¿Por qué no? —preguntó Oscar—. Pero si James me dijo que...

156

—Silencio —dijo Mary-Love, levantando las tijeras—. Callaos un momento y escuchad con atención.

Elinor detuvo el balanceo y puso un pie en el suelo. Oscar y Sister contuvieron el aliento. Desde el otro lado del patio les llegó una voz estridente de mujer procedente de la casa de James Caskey. Oscar también se percató de la ausencia de huellas en la arena entre ambas casas, lo cual era extraño, ya que las idas y venidas constantes se habían reanudado en los últimos meses. Aquella voz estridente subía y bajaba y enseguida se trasladó de la ventana del comedor a la de la cocina.

Oscar se puso pálido.

—Pobre Grace —repitió Sister con un suspiro.

—Pobre Roxie —añadió Mary-Love—. Y pobre James.

—Dios mío —susurró Oscar—. Genevieve ha vuelto.

Elinor volvió a mecerse.

—¿Cuándo ha llegado? —preguntó.

—Ayer por la mañana —dijo Sister—. Cuando James, Grace y yo volvimos de la iglesia nos la encontramos sentada en el porche delantero con dos maletas. Se levantó, abrió los brazos y dijo: «Grace, ven aquí y dame un abrazo», pero Grace se negó.

—¿Y la culpas? —dijo Mary-Love—. ¿Tú no habrías hecho lo mismo?

—Pero Genevieve es su madre... —dijo Sister.

—Elinor —dijo Mary-Love—, no sé si preferiría que ayer hubieras estado aquí o no.

—¿Por qué, señora Mary-Love?

—En esta familia nadie es capaz de plantarle cara a Genevieve. Yo, desde luego, no. ¿Y tú, Sister?

—¡No! —exclamó Sister—. ¡Claro que no!

—Y sé a ciencia cierta que Oscar y James tampoco. Pero siempre he pensado que tal vez tú sí. Bueno, más que pensarlo, era mi esperanza.

—Apuesto a que sí —dijo Oscar con orgullo—. Apuesto a que Elinor puede plantarle cara a cualquiera. Elinor —añadió, volviéndose hacia su mujer—, ¿cómo no te han pedido aún que dirijas la Liga de Naciones? ¿Tienes idea de por qué no te han propuesto como candidata?

Mary-Love ignoró la ocurrencia de su hijo.

—Aunque tal vez ha sido mejor que tú y Oscar no estuvierais aquí. ¿Adónde habéis ido, por cierto?

—Estuvimos en Gulf Shores —respondió Elinor—. Le pedí a Oscar que me llevara allí, me encanta el agua.

—Deberíais haber visto a Elinor nadando entre las olas —alardeó Oscar—. No le tiene ni pizca de miedo a la resaca.

—¡Apuesto a que fue muy bonito! —exclamó Sister.

—Sí que lo fue —dijo Elinor—. Pero si te soy sincera, me siento más a gusto en el agua dulce que en la salada.

Mary-Love también ignoró aquella interacción.

—Genevieve lo sabe todo sobre ti, Elinor.

—¿Qué sabe?

—Sabe que has vivido en casa de James. Y sabe que te has ocupado de él y de Grace. Sabe todo lo que hay que saber —concluyó Mary-Love ladeando levemente la cabeza con elocuencia.

—Pero ¿cómo lo sabe? —preguntó Elinor.

—Se lo contó Grace —dijo Sister—. Ayer por la tarde estábamos aquí sentadas, justo igual que ahora, mientras Genevieve, ahí en su porche, obligaba a la pobre Grace a contarle todo lo sucedido en los últimos quince meses.

—Ese es el tiempo que Genevieve ha pasado en Nashville —explicó Oscar—. Teníamos la esperanza de que se quedara unos meses más...

—No —corrigió Mary-Love—. Teníamos la esperanza de que no volviera por el resto de la eternidad. Esa era nuestra esperanza. Es que no puedo con ella, ¡me pone frenética!

Mary-Love Caskey se enfrentaba a un dilema ético: no aprobaba el repentino matrimonio de su hijo con Elinor Dammert, tal como tampoco aprobaba a la propia Elinor Dammert, pero, si era sincera consigo misma, reconocía que desde la muerte de su madre no había visto a James Caskey tan feliz como cuando Elinor vivía en su casa. Y ese punto a favor de Elinor se había acentuado aún más con el regreso de Genevieve. En cualquier caso, Mary-Love sabía que no podía luchar contra las dos mujeres a la vez, por lo que lo mejor era enfrentarlas una contra la otra, aunque eso significara firmar una repentina tregua con Elinor, y aun a riesgo de que esa tregua pudiera sugerir erróneamente que había perdonado a Elinor por su matrimonio con Oscar.

—Elinor —dijo Mary-Love al cabo de un rato—, me temo que arriba vais a estar un poco apretados.

—Mamá, ¿en serio quieres que nos instalemos aquí? Yo creía que...

—¿Adónde vais a ir, si no? —preguntó Mary-Love—. ¿Hay algún otro lugar en este pueblo, aparte del Osceola, donde os podáis alojar? ¿Tú te has parado a pensar en los recuerdos que ese hotel le traería a Elinor, Oscar? ¿O tienes la intención de mudarte a una casa a la que aún le faltan varias paredes?

—No, pero...

—No hay peros que valgan —dijo Mary-Love—. Elinor, te alegrará saber que la habitación de Oscar da al río. ¡A ti te encanta el Perdido!

Genevieve Caskey no era ni tan desagradable ni tan peligrosa como sugerían las palabras de Mary-Love. A veces se comportaba como una arpía, aunque la mayor parte del tiempo estaba tranquila. Se había casado con James Caskey por dinero y porque era un hombre fácil de dominar por naturaleza. Y si no lo hacía feliz era sobre todo porque James nunca debió haberse casado: tenía el corazón y el alma del eterno soltero, y ni siquiera la convivencia con su esposa había podido borrar el sello de feminidad que llevaba tan profundamente marcado. De hecho, era posible que la mala reputación de Genevieve en Perdido no se debiera más que al hecho de que Mary-Love le tuvo ojeriza desde el primer momento y había alimentado ese sentimiento a conciencia, hasta convertirlo en odio y temor. Y tal vez las amigas de Mary-Love habían adoptado esa misma actitud —cada vez con más virulencia— por cortesía hacia Mary-Love. Y tal vez el pueblo entero se había acostumbrado tanto a oír hablar de Genevieve Caskey como un monstruo, una mujer egoísta, malhumorada y alcohólica, que ya era incapaz de ver a la esposa de James Caskey de otra manera, aun cuando la actitud de Genevieve —que en realidad era una persona relativamente apacible— no encajara en absoluto con la opinión generalizada.

Después de casarse, Genevieve había pasado tres años en Perdido. Pero todo el mundo, a los cinco minutos de conocerla, se daba cuenta de que a Genevieve Caskey Perdido, Alabama, le parecía el pueblo más aburrido, soporífero e insignificante de todo el sur. «Sería más divertido pasar media hora en una esquina de Nueva Orleans o de Nashville, aunque solo estuviera ahí plantada sin hacer nada, que el resto de mi vida en Perdido. Lo más emocionante que se puede hacer en Perdido es sentarse a la orilla del río y contar las zarigüeyas muertas que pasan flotando.»

Así pues, para ser justos, a Genevieve se le podría haber echado en cara que no se hubiera esforzado por amoldarse a su marido, aunque eso mismo se podría haber dicho también de muchas otras esposas de Perdido. El otro defecto indiscutible de Genevieve era que bebía. Manda Turk sostenía que si las tabernas hubieran permitido el acceso a las mujeres —y si en Perdido hubiera habido alguna taberna—, Genevieve Caskey no habría dudado en entrar, y por la puerta principal. Todo el mundo sabía que bebía, por mucho que Roxie atara las botellas con sacos de arpillera y las envolviera con trapos para que no tintinearan. Cuando su hijo Escue llevaba su carrito tirado por una cabra al basurero con los sacos de arpillera en la parte de atrás, todos decían: «¡Ay, señor! ¡Ahí va la maldición de James Caskey!». Genevieve se bebía todo lo que pudiera conseguir. Compraba licor a los indios de los pinares, y dos niñas se lo llevaban hasta la puerta de casa en mula. Mandaba a Bray al otro lado de la frontera con Florida, donde la venta de alcohol era legal, y le encargaba varias cajas. Después se sentaba junto a la ventana principal de la casa, a plena luz del día, con una botella y un vaso sobre la mesa.

Pero era una mujer atractiva y sus vestidos venían de Nueva York. También era sumamente inteligente y se sabía de memoria los nombres y apellidos de todos los presidentes de Estados Unidos. Cuando estaba lejos de casa —o sea, la mayor parte del tiempo—, James Caskey le enviaba setecientos dólares mensuales y pagaba todas las facturas que ella le remitía a Perdido. Y cuando volvía al pueblo, él se acobardaba en su presencia y le daba todo lo que le pedía.

Grace Caskey soñaba con su madre todas las noches, aunque rara vez eran sueños agradables. Cuando Genevieve estaba fuera, Grace la echaba de menos, y cuando volvía a casa, quería que se fuera. La niña miraba a su madre con una reverencia que tenía muy poco de afecto. Cada una de las raras veces que volvía a casa, Genevieve Caskey escudriñaba a su hija de arriba abajo y entonces, antes incluso de darle un beso, se sentaba en el porche, se sacaba un cepillo de cerdas duras del bolso, y le cepillaba el pelo y el cuero cabelludo hasta que la niña lloraba de dolor. Mientras la cepillaba, por encima del llanto de Grace, Genevieve Caskey exclamaba: «¡Cariño, te prometo que un día de estos te voy a llevar lejos de tu padre! ¡Bien lejos de este pueblo! Te enseñaré Nashville, y pasearemos juntas por esas calles a nuestras anchas; le diremos a tu padre que nos compre un coche nuevo y te llevaré de paseo. ¡Quiero presumir de mi hija, la niña de siete años más guapa de todo el estado de Tennessee!».

Grace no se atrevía a protestar y decirle que no

quería alejarse ni de su padre ni de Perdido. Vivía muerta de miedo pensando que en cuanto su madre volviera a marcharse, de repente y sin avisar —como siempre—, la metería en una maleta y se la llevaría a Nashville.

James Caskey también oía aquellas promesas (o amenazas), pero sabía que en realidad su esposa no tenía ninguna intención de cargar con su hija. No sabía ni quería saber qué clase de vida llevaba Genevieve en Nashville, pero sí que suponía que lo más probable era que una niña de siete años interfiriera en sus placeres allí.

Aquel lunes por la tarde, Oscar y Elinor ni siquiera habían metido aún las maletas en casa cuando oyeron la puerta trasera de la casa de James Caskey cerrarse de golpe. Sister se levantó y miró por encima de las camelias.

—¡Ay, señor! ¡Mamá, ahí viene Genevieve! No me lo puedo creer, trae un bizcocho en una bandeja redonda.

Mary-Love se levantó y Oscar hizo lo propio. Elinor se quedó sentada en el columpio.

—¡Hola, Genevieve! —exclamó Oscar.

—¿Está sobria? ¿Sister, tú crees que está sobria? —susurró Mary-Love.

—¡Hola, Oscar! —respondió Genevieve—. Ya me han contado que te has casado. Y que me perdí la boda por apenas treinta y seis horas. ¡No sabes qué rabia me dio! Traigo un bizcocho para tu esposa.

Genevieve cruzó el patio, estropeando varios de los esmerados remolinos de Zaddie, y subió los escalones del porche lateral.

—Mary-Love, Sister —dijo a modo de saludo, un saludo muy poco entusiasta teniendo en cuenta que, desde su llegada, Genevieve aún no había visitado a Mary-Love y apenas había visto a Sister una vez. Genevieve se volvió hacia Elinor y esbozó una sonrisa—. Y usted debe de ser la señora Elinor. Oh, ¡mi niña está enamorada de usted! ¡La ha cuidado tan bien! Por una vez creo que no voy a tener que quemar todos sus vestidos. Señorita Elinor, le he traído este bizcocho. Le he mandado a Roxie que se sentara en un rincón y lo he preparado yo misma.

—Gracias, señora Caskey.

—Llámeme Genevieve. El bizcocho lleva un kilo de azúcar blanco. Es mi forma de recompensarla por haber alimentado a mi marido en mi prolongada ausencia —dijo Genevieve con una sonrisa.

Elinor se la devolvió.

—James fue muy bueno conmigo y me acogió cuando no tenía adónde ir.

—Ya, típico de James; él es así. ¿De dónde viene usted, señorita Elinor? ¿Dónde vive su familia?

Más tarde, cuando Genevieve se marchó a su casa, Sister y Oscar aseguraron que nunca habían visto a aquella mujer comportarse con tanta amabilidad.

—¡No me puedo creer que mis propios hijos se dejen engatusar así! Elinor, ¿tú también crees que ha sido amable? —dijo Mary-Love.

—Creo que quería verme de cerca; eso es lo que creo —respondió Elinor.

—Y yo creo que tienes razón —repuso su suegra. Aun así, encontrarse del lado de Elinor y en contra de sus propios hijos no le gustó, ni aunque fuera por un asunto menor y en detrimento de Genevieve—. Y apuesto, Elinor, a que crees que no hemos sido justas con Genevieve, al hablar de ella así. Apuesto a que piensas que no es tan mala como la hemos pintado. Y que tal vez no tiene una caja de burbon escondida en el fondo del armario de James...

—Lo que creo es que Genevieve ha oído hablar de mí tanto como yo de ella —dijo Elinor— y que quería comprobar por sí misma qué era verdad y qué no.

—Genevieve solo quería tener un detalle —protestó Oscar—. Mamá, ¿no podéis reconocerle por lo menos eso?

—Ha pasado justo por delante de mí —dijo Sister—. Si el aliento le hubiera olido a alcohol, se lo habría notado. Y no olía.

—Sister —dijo Elinor—, nada le gustaría más

a Genevieve Caskey que lanzarme de cabeza al río Perdido.

—¿Y vas a darle la oportunidad de hacerlo? —preguntó Oscar.

—No, claro que no —respondió Elinor, y todos la creyeron.

8

El regalo de bodas

En cuanto Elinor terminó las clases, a principios de junio, ella y Oscar emprendieron un viaje de novios en condiciones. Fueron a Nueva York y a Boston, y para sorpresa de todos viajaron en barco desde Pensacola. Fue idea de Elinor, y a casi todos les pareció buena. Desde la llegada de los veloces trenes, a nadie se le ocurría ya viajar por agua; el transporte acuático era el transporte de los pobres. Cualquiera podía saltar sobre un tronco y terminar al día siguiente flotando en el golfo de México.

Cuando Elinor regresó de su luna de miel, ella, Mary-Love y Sister declararon una tregua («por Oscar», según Mary-Love). A ojos incluso de unas vecinas tan observadoras como Manda Turk y Caroline DeBordenave, las tres mujeres parecían llevarse de maravilla. Una mañana, justo al amanecer, Manda Turk se despertó con dolor de muelas y al asomarse a la ventana de su habitación vio a Elinor Caskey nadando en el río, sin más ropa que una camiseta blanca de algodón. Cuando, más tarde, señaló que aquel comportamiento era irregular y posiblemente impropio, Mary-Love llegó incluso a defender a su nuera.

—Ay, Caroline —suspiró—, espera a que se casen los tuyos, ya verás entonces lo atrasada que estás. Yo me he convencido de no hay nada malo en hacer ejercicio a primera hora de la mañana.

Elinor y Oscar compartían el antiguo dormitorio de Oscar. Era la habitación más grande de la casa y se encontraba en la parte trasera del primer piso. Tenía una pequeña sala de estar y tres ventanas que daban al Perdido. A pesar de esas comodidades, Oscar y Elinor habrían preferido estar solos, lejos de la constante mirada de Mary-Love Caskey.

La construcción de la casa de al lado se había detenido. En Perdido había tan solo una empresa contratista. Y «empresa» era una palabra bastante generosa para referirse a los dos hombres blancos, de apellido Hines, y los siete hombres de color que trabajaban a sus órdenes por un dólar y veinticinco centavos al día. Henry Turk le había rogado a Mary-Love que liberara a los hermanos Hines de su compromiso con ella para que así pudieran dedicarse a reconstruir uno de los almacenes de madera del aserradero de los Turk. De los tres propietarios de aserraderos, Henry Turk había sido el más afectado por la inundación, y aún no se había recuperado del todo. A espaldas de su familia, Oscar y James le habían prestado dinero, unos fondos que iban a invertirse precisamente en aquella construcción tan necesaria. Mary-Love le cedió los contratistas a Henry encantada de la vida, y le dijo que los empleara todo el tiempo que quisiera. No solo eso, sino que se ofreció (siempre que Henry prometiera no contárselo a nadie) a prestarle diez mil dólares en caso de que quisiera hacer más cambios en su propiedad. Así pues, los obreros se marcharon y las lluvias de verano se abatieron sobre lo que deberían haber sido habitaciones que proporcionaran intimidad y satisfacción a Elinor y Oscar, pero que aún eran espacios abiertos llenos de vigas, tablones y montantes desnudos.

Oscar se disculpó por el retraso ante su mujer, pero Elinor se limitó a decir:

—Si se pudiera evitar, Oscar, imagino que ya estarías haciendo algo.

Aquella fría respuesta lo empujó a tomar cartas en el asunto, y fue a ver a su madre para preguntarle si podía ir a Bay Minette, a Atmore y a Jay para tratar de encontrar a alguien disponible para el trabajo. Hacía tiempo que la casa debería estar terminada, señaló.

Pero Mary-Love contestó que un contrato era un contrato, que ella había firmado uno con los hermanos Hines y que no pensaba echarse atrás ahora. Oscar tuvo que reconocer la justicia de aquel argumento. Al fin y al cabo, se dijo, era su madre quien lo estaba pagando todo, por lo que era justo que fuera libre de hacer y deshacer las cosas como mejor le pareciera.

Así pues, a lo largo de aquel verano, el inquieto hogar de los Caskey —formado por Elinor y Oscar, y Mary-Love y Sister— se fue acostumbrando a la rutina de la cohabitación pacífica. Aunque se sentían un poco constreñidos, con aquella construcción a medio terminar a un lado (las tablas habían empezado ya a oscurecerse por la exposición a los elementos) y Genevieve Caskey al otro. Mary-Love declaró un día que ya ni siquiera le apetecía mirar por las ventanas. Las tres principales fuentes de desasosiego de Mary-Love eran su nuera, a quien no podía manejar a voluntad, tal como hacía con Sister y con Oscar; el esqueleto de su regalo de bodas medio erigido en la arena; y el espectro de una Genevieve desatada, que se tambaleaba por las calles con una botella en la mano mientras deshonraba para siempre el buen nombre de los Caskey. Pero probablemente la que más la molestaba era Genevieve.

Todas las mañanas, los habitantes de la casa de Mary-Love desayunaban en el porche lateral, y todas las mañanas Mary-Love preguntaba:

—¿Creéis que hoy será el día en que Genevieve se volverá a Nashville?

Pero el día nunca llegaba. De hecho, Genevieve llevaba ya más tiempo en Perdido que nunca antes desde que se había casado con James.

—Yo creo que sé por qué se queda —dijo Sister una mañana en voz baja.

—¿Por qué? —preguntó Oscar enseguida. Es un gran error suponer que a los hombres les interesan menos los chismes que a las mujeres.

—Por Elinor —respondió Sister, señalando a su cuñada con la cabeza.

—¿Por qué por mí? —preguntó Elinor, que se balanceaba en la mecedora con su café.

—Al volver, Genevieve descubrió que su marido había sido feliz en su ausencia. James te tenía a ti, Elinor. Tú cuidabas de él y de Grace, y lo hacías feliz.

—James fue muy bueno conmigo —se limitó a decir Elinor—. Y adoro a Grace.

—Tú y todos —espetó Mary-Love—. Excepto Genevieve. Si le importaran lo más mínimo esos dos, se tiraría de cabeza a la confluencia. Elinor, podrías llevártela un día a dar un paseo en el barquito de Bray...

Elinor sonrió y miró hacia la casa de James Caskey, aunque, a efectos prácticos, las camelias le obstruían el campo de visión.

—Parece que les va bien. No me da la impresión de que Genevieve esté dando tantos problemas...

—¿Has hablado con Grace, Elinor? —preguntó Mary-Love—. Grace no es una niña feliz, no como cuando vivías tú allí en vez de su madre. Ojalá las cosas fueran como antes.

A ninguno de los presentes se le escapó que aquel «como antes» hacía referencia a una época anterior al matrimonio entre Oscar y Elinor.

Ivey sacó más café y dijo:

—La señora Genevieve cree que la señora Elinor va a convencer al señor James de que se divorcie.

—¿Y eso cómo lo sabes, Ivey? —preguntó Oscar.

—Me lo dijo Zaddie —respondió Ivey, y volvió a entrar en casa.

—Si lo dice Zaddie será verdad —señaló Elinor.

—¡Esa niña escucha a través de las ventanas! —exclamó Mary-Love, que nunca le había perdonado a Zaddie que se hubiera convertido en la protegida de Elinor—. ¡Se sube a los bloques de cemento y pega la oreja al cristal!

—No, eso no es verdad —dijo Elinor con gran serenidad—. Zaddie tiene buen oído, nada más. Y por las mañanas, cuando sale a rastrillar el patio, oye cosas a través de las ventanas abiertas.

—Pero ¿intentarías convencer a James de que se divorciara, Elinor? —preguntó su marido.

—No creo en el divorcio —dijo Elinor—. Pero tampoco creo en casarse con la persona equivocada —añadió tras una pausa.

En cualquier caso, Genevieve se quedó en Perdido. Si bebía, al menos no lo hacía sentada junto al ventanal de la casa, ni tampoco salía a la calle blandiendo una botella. Iba a la iglesia y se sentaba en el banco de los Caskey, al lado de Elinor, aunque no asistía a la escuela dominical. Según Mary-Love, era para no tener que hablar con nadie. La media hora que transcurría entre la escuela dominical y la misa matutina era un gran acontecimiento social en todas las iglesias de Perdido, pero si no aparecía hasta el preludio del órgano, Genevieve no tenía que hablar con nadie. Y eso era exactamente lo que hacía: llegaba justo a la hora, se sentaba en el banco, cogía a Grace de la mano y apenas saludaba con la cabeza a Elinor, a Sister y a Mary-Love.

En una o dos ocasiones, Genevieve había invitado a Elinor a que la acompañara a comprar a Mobile, y Elinor había aceptado. A Genevieve le gustaba conducir ella misma, y se llevaban a Zaddie para que cargara con los paquetes. Cuando Genevieve iba de compras —con el dinero de James—, la carga era siempre considerable, y Zaddie tenía que hacer equilibrios con los brazos extendidos. Mary-Love aprobaba de buena gana aquellas salidas.

—Ay, Sister —decía, asintiendo con la cabeza—, Elinor desaparece de casa y todo es igual que antes: nos quedamos solos Oscar, tú y yo para comer. Además, eso significa que quien tiene que aguantar a Genevieve es Elinor y no nosotros...

—Se llevan bien —señaló Sister.

—No me sorprende en absoluto —contestó Mary-Love en tono lúgubre.

—Pero también creo que Elinor lo hace para vigilar a Genevieve —añadió Sister, en defensa de su cuñada—. Por lo que dijiste tú sobre que Grace es infeliz con su madre. Elinor quiere a esa niña tanto como nosotras.

Curiosamente, sería Genevieve Caskey quien alteraría por completo el futuro y el aspecto de Perdido. Harta de escuchar las historias de James sobre la inundación y de oír sus temores sobre qué pasaría la siguiente vez, lanzó una sugerencia:

—¿Y por qué diablos no construís un dique?

James Caskey se reclinó en su silla, asombrado de que a nadie se le hubiera ocurrido antes una solución tan sencilla.

—Natchez tiene un dique —señaló Genevieve—. Nueva Orleans tiene un dique. Y no se inundan. No hay razón para que Perdido no tenga también un dique, ¿verdad? Además, si se construyera un dique podría perder de vista ese maldito río.

La idea cautivó a James Caskey, que se la contó a Oscar. La noche siguiente la planteó ante el consejo escolar, aunque estrictamente hablando no fuera un asunto de la incumbencia del consejo. Oscar, por su parte, abordó el tema en la reunión del consejo municipal, pero para entonces todo Perdido ya había discutido y, en su mayoría, aprobado la propuesta. Solo había dos personas en todo el pueblo en contra del dique de tierra: una era una vieja blanca que vivía en el límite de Baptist Bottom y que afirmaba que en los montículos de tierra se criaban espíritus asesinos. Y la otra era Elinor Caskey.

Elinor declaró que el dique sería feo, costoso y poco práctico. Más allá de la confluencia, debería extenderse a lo largo de toda la margen sur del Perdido, lo que no solo estropearía el paisaje del río y los dejaría sin muelle, sino que también los haría sentirse acorralados y asfixiados. Del lado del Blackwater, los tres aserraderos ya no tendrían acceso libre al río. Los troncos que hasta ahora mandaban río abajo a otros aserraderos, o hasta el Golfo, tendrían que transportarse por tierra hasta el sur del pueblo. Pasada la confluencia, habría que construir diques a ambos lados del río para proteger el centro del pueblo, las casas de los trabajadores y Baptist Bottom. Habría que construir también nuevos puentes, con un coste enorme, y al final sería como hundir Perdido en una cantera de arcilla. El pueblo sacrificaría su encanto a cambio de una seguridad solo aparente. Aparente porque ningún dique, por alto o grueso que fuera, podría contener el agua del río cuando este quisiera desbordarse. Unos simples montículos de tierra, aseguró Elinor con vehemencia, no iban a impedir la siguiente riada.

—Por Dios, Genevieve —dijo Elinor la mañana siguiente a la reunión del consejo municipal en la que se aprobaron los fondos para un estudio de ingeniería—. ¡Quién te mandaba crear problemas y sacar el tema!

—Si no construyen un dique, la próxima lluvia torrencial se va a llevar este pueblo por delante. —Genevieve estaba en su cocina, preparando una masa pastelera. Agregó una taza entera de ron negro; al parecer iba a usar alcohol en vez de leche—. Y yo me alegraré. Odio ver esa agua, Elinor. Sé que a ti te gusta nadar y todo eso, pero a mí ¡dame polvo y tierra firme! ¡Y que Dios me libre de morir ahogada!

A pesar de los esfuerzos de Mary-Love por seguir retrasando el proyecto, la casa de al lado estuvo terminada la última semana de julio. Haciendo gala de una honestidad de lo más inconveniente, los hermanos Hines hicieron lo posible por ajustarse al máximo al plazo originalmente acordado. Mary-Love les suplicó en privado que siguieran sus propios intereses y trabajaran en los proyectos de Henry Turk, pero ambos hermanos levantaron una mano y dijeron:

—Señora Caskey, una promesa es una promesa. Además, sabemos que Oscar está ansioso por disponer de su nueva casa.

Así pues, el siete de agosto, justo después de la misa, Elinor puso los pies por primera vez en la mansión que había sido su regalo de bodas. Oscar se la mostró con orgullo. Era, en efecto, una casa muy bonita: grande, cuadrada y blanca. En la primera planta había una cocina, un comedor para el desayuno, dos despensas, un lavadero en el porche de atrás, un comedor, dos salones y un estrecho porche delantero con mecedoras. En el primer piso, dispuestos a lo largo del pasillo central, había dos grandes dormitorios con alcoba, sala de estar, vestidor y baño; luego había otros dos dormitorios más pequeños, una habitación infantil o para el servicio, un tercer baño y un amplio porche cubierto en la esquina trasera, con vistas al río Perdido y donde se podía dormir. Este último espacio fue el que más le gustó a Elinor.

—Mamá —dijo Oscar, entusiasmado, al volver a casa de su madre—. ¡A Elinor le encanta!

—¿Cómo no le va a gustar? —respondió Mary-Love, impasible.

—Es una casa preciosa —dijo Elinor, que en opinión de Mary-Love podría haber dicho algo más, o podría haber añadido unas palabras amables, como «Muchas gracias, señora Mary-Love».

—Mamá, ¿cuándo podemos mudarnos? —preguntó Oscar—. ¡Estamos ansiosos!

—¡Oh, aún falta! —exclamó Mary-Love—. Oscar, ¿tú has visto alguna cortina en esa casa?

—No, pero...

—¿Quieres que todo el mundo te vea a través de las ventanas? Sister y yo empezaremos a trabajar en las cortinas esta semana. Y el viernes iremos a Mobile a mirar muebles.

—Mamá, no tiene que ser perfecto, ya lo sabes —protestó Oscar—. Elinor y yo vamos a vivir en esa casa el resto de nuestras vidas. Ya habrá tiempo de llenarla de muebles.

—¡Piensa en mí! —exclamó Mary-Love—. Piensa en Sister y en mí. ¿Cómo crees que nos sentiremos cuando Elinor tenga invitados y les enseñe la casa? Todos dirán: «Caramba, si esto fue un regalo de bodas de Mary-Love Caskey, no parece que se desviviera con los muebles y las cortinas...».

—Mamá —suplicó Oscar—, nadie en todo el pueblo va a decir eso.

—Pero lo pensarán —insistió Mary-Love. El resultado fue que Oscar y Elinor tuvieron que seguir viviendo bajo el techo de Mary-Love mientras su casa, ya terminada, estaba vacía.

Mary-Love se afanó por mantener la pantomima de estar amueblando la casa. Una vez a la semana pedía que la llevaran a Mobile para seleccionar telas para las cortinas, juegos de comedor, alfombras y cristalería. Cada vez que Mary-Love compraba algo, parecía hacerlo con el placer de un condenado que elige la soga con la que van a ahorcarlo. Nunca volvía a Perdido con más de un artículo, y a veces esa única compra era ridículamente pequeña. Entretanto, las mujeres habían conseguido el voto, y no era impensable que, para cuando Mary-Love terminara de amueblar la casa, hubieran elegido ya a una presidenta de su propio sexo.

A veces Sister la acompañaba en aquellas salidas, aunque nunca de forma completamente voluntaria. Su madre requería su presencia, no tanto por su ayuda con las compras, sino más bien para que la escuchara. Fuera de Perdido, y lejos de Oscar y del servicio, Mary-Love podía despotricar sin tapujos sobre Elinor. Mary-Love cogió el hábito de viajar el viernes por la mañana, pasar el viernes por la tarde comprando, visitar a algunas amigas por la noche (había nacido en Mobile y todavía tenía conocidos en la ciudad), alojarse en el Government House, hacer más compras el sábado por la mañana y volver a casa por la noche, a la hora de cenar. Oscar esperaba con deleite aquellos días en los que Mary-Love se ausentaba: su madre tenía siempre tal aire de mártir y una expresión tan adusta que en cuanto salía por la puerta, el ambiente de la casa se animaba.

A Oscar no se le escapó que Elinor no dijo ni una palabra cuando Mary-Love les negó el permiso para mudarse a su propia casa. Entonces recordó su conversación con Sister y comprendió que Elinor estaba esperando a que él tomara cartas en el asunto. Pero lo más difícil era precisamente adivinar qué debía hacer. Cuando intentó explicarle a su esposa por qué cedía ante su madre en aquel asunto —aduciendo que, al fin y al cabo, la casa era un regalo de Mary-Love y que ella debía poder decorarla como quisiera—, Elinor ni siquiera quiso escuchar.

—Oscar, esto es un asunto entre tú y la señora

Mary-Love. Cuando hayas tomado una decisión, avísame. Eso es todo lo que necesito saber al respecto.

Oscar suspiró. Amaba a Elinor y estar casado con ella lo hacía muy feliz, pero a veces la miraba de cerca y se preguntaba: «¿Quién es?». Era una pregunta que no sabía ni cómo empezar a responder.

Lo que sí sabía era que Elinor se parecía mucho a su madre: una mujer de carácter fuerte y dominante, que ejercía el poder de una forma con la que él jamás podría rivalizar. Ese era otro falso mito sobre los hombres: como manejaban el dinero, como podían contratar y despedir a trabajadores y como eran los únicos que llenaban las asambleas y ocupaban cargos de congresistas, todo el mundo creía que tenían poder. Pero las contrataciones y despidos, la compraventa de terrenos y de madera, o el complejo proceso de aprobación de una enmienda constitucional no eran más que fanfarronadas, una mera pantalla para ocultar la verdadera ineptitud vital de los hombres. Controlaban las asambleas legislativas, sí, pero a la hora de la verdad no tenían ningún tipo de control sobre sí mismos. Los hombres no habían analizado bastante sus propias mentes y por eso estaban a merced de pasiones pasajeras. Se dejaban llevar por celos mezquinos y por ruines deseos de venganza con más frecuencia que las mujeres. Como disfrutaban de aquel poder, tan enorme como superficial, los hombres no habían tenido que conocerse a sí mismos, mientras que las mujeres, en su adversidad y su servilismo superficial, se habían visto obligadas a comprender el funcionamiento de su cerebro y sus emociones.

Oscar sabía que Mary-Love y Elinor le daban cien vueltas tramando y maquinando, y que siempre conseguían lo que querían. De hecho, todas las mujeres censadas en Perdido, Alabama, conseguían lo que querían. Por supuesto, ningún hombre iba a admitir que su madre, su hermana, su esposa, su hija, su cocinera o cualquier mujer que pasara por la calle podían hacer de él lo que quisieran; de hecho, la mayoría ni siquiera se daba cuenta. Pero Oscar sí. Y, aun a sabiendas de su inferioridad y de su ineptitud, era incapaz de librarse de los grilletes.

¿Quién era Elinor Caskey? ¿De dónde había salido? Nunca hablaba de sus familiares. Habían vivido en Wade, en el condado de Fayette, y ahora estaban todos muertos. Su padre solía dirigir un transbordador en el río Tombigbee. Elinor había estudiado en Huntingdon College, pero Oscar ni siquiera sabía quién le había pagado los estudios. Nunca hablaba de las amigas que había dejado en Montgomery y nunca se intercambiaba cartas con ellas. Elinor había aparecido un buen día en una habitación del Hotel Osceola y Oscar se había casado con ella. Eso era todo.

Aunque Elinor no era el único misterio, desde luego. Había otras muchas cosas que Oscar no entendía. No entendía cuál era el problema entre Mary-

Love y Elinor, y se alegraba de no pasarse todo el día en casa, como Sister. Tampoco sabía qué veía Elinor en él; o por qué lo quería, aunque al parecer así era. Oscar se levantaba a las cinco de la mañana, se asomaba a la ventana y miraba hacia el Perdido. Allí veía a su mujer, con su grueso camisón de algodón, nadando en unas aguas turbulentas en las que cualquier persona normal se habría ahogado. Y ahí estaba también Zaddie, sentada en el muelle, con los pies colgando sobre la corriente y el rastrillo en el regazo. El sol ni siquiera había asomado aún por encima de los árboles. Y los robles acuáticos que Elinor había plantado hacía poco más de un año medían ya seis metros de altura y uno de diámetro, ¡por el amor de Dios! Estaban plantados en grupos de dos, tres y cuatro, de modo que a ras del suelo sus troncos ya habían empezado a fusionarse. Oscar sabía que los robles acuáticos eran los únicos robles que se agrupaban como los abedules. Zaddie rastrillaba un extenso trazado de círculos concéntricos alrededor de cada grupo de robles, y ahora el patio parecía un pantano de cipreses, pero con esbeltos robles y arena rastrillada en lugar de cipreses y agua ondulante.

Los árboles, delgados y enjutos, tenían la corteza gris y unas hojas pequeñas y correosas de color verde oscuro que crecían solo en la parte superior. Las ramas inferiores perdían rápidamente el follaje, se pudrían y caían al suelo, de donde Zaddie las recogía para arrojarlas al río. En invierno, las hojas se tornaban de un verde aún más oscuro, pero no caían hasta que las hojas nuevas las reemplazaban en primavera. Aparte de los parterres de camelias y azaleas que crecían junto a las casas, en los patios de arena aún no había asomado ni una sola brizna de hierba. Aquellos robles acuáticos, en cambio, crecían más rápido que cualquier árbol que Oscar hubiera visto jamás, un dato nada irrelevante teniendo en cuenta que los Caskey habían hecho su fortuna gracias a un conocimiento íntimo y exhaustivo de los bosques y árboles del condado de Baldwin. Los robles pronto ocultarían la vista del río que ofrecía la ventana de su dormitorio. A veces, cuando volvía a casa por la tarde y veía aquel extraño bosque que se había levantado en el jardín, Oscar exclamaba:

—Mamá, ¿habías visto alguna vez algo así?

—Son los árboles de Elinor —se limitaba a responder Mary-Love desde el porche lateral.

—A Elinor le encantan —comentaba Sister, sentada a su lado.

Y Elinor le abría la puerta principal y añadía:

—En estos patios no crece ni una brizna de hierba. ¡Algo había que hacer!

9

La carretera de Atmore

En Perdido, casi todos daban por hecho que la intimidad que se había forjado entre Genevieve Caskey y Elinor Caskey —dos mujeres que tenían todos los motivos del mundo para odiarse y desconfiar la una de la otra— era fruto de su deseo de vigilarse mutuamente. Caroline DeBordenave y Manda Turk felicitaron a Mary-Love por haber encontrado una nuera que se desviviera de ese modo por la familia, pero Mary-Love no aceptó el cumplido y aseguró que Genevieve y Elinor eran tal para cual. Lo único que las animaba a ir juntas a Mobile a comprar zapatos era un sentimiento de camaradería propio de los delincuentes morales, según ella. Sin embargo, cuando Genevieve sugirió que construyeran un dique para proteger Perdido de las riadas, Elinor aseguró con furia: «No quiero saber nada más de esa mujer».

El verano siguió su curso y, como todos los veranos en esa parte del mundo, fue despiadadamente caluroso. El termómetro de la ventana de la cocina de Mary-Love marcaba veintisiete grados todas las mañanas a las seis y media, cuando Zaddie empezaba a rastrillar. A las nueve, para cuando había terminado, la temperatura había alcanzado los treinta y dos. Las mujeres Caskey pasaban toda la mañana en el porche lateral cosiendo la colcha de *patchwork*, aunque con aquel calor se les hacía imposible imaginar que alguien necesitara una colcha en algún momento.

También comían en el porche lateral en cuanto Oscar volvía a casa, y bebían grandes cantidades de té helado. Por las tardes el calor se volvía aún más agobiante. Se acumulaba en las correosas hojas de las encinas y calentaba hasta tal punto la arena de los patios que abrasaba al pisarla con los pies descalzos.

El calor era silencioso. Durante las peores tardes no había sonido alguno. Los pájaros se escondían en las recónditas profundidades del bosque, hasta el punto de que no se oían sus cantos. Los perros se refugiaban en la arena fresca debajo de las casas y allí yacían miserablemente, con la cabeza sobre las patas delanteras. Nadie hacía visitas por temor a desmayarse en la acera si se aventuraban a salir de la sombra. Y los que se quedaban en casa tampoco hablaban demasiado, aletargados como estaban tras beber varios litros de té helado con la comida.

Una de esas tardes, a eso de las tres, no se oía nada en los alrededores de las casas de los Caskey salvo el chapoteo del agua del río contra los pilotes del muelle. Sister y Elinor estaban sentadas en el banco del porche lateral. Tenían el bastidor inclinado hacia ellas y cosían laboriosamente la segunda fila de cuadrados. Elinor no había hecho nunca una colcha, de modo que, para que le resultara más fácil aprender, Sister había sugerido que usaran la puntada de *patchwork* más sencilla que conocía. Mary-Love dijo que le lloraban los ojos por el calor, abandonó su puesto y, desde la mecedora de enfrente, de vez en cuando soltaba algún comentario que no iba dirigido a nadie en particular y que nadie en particular se molestaba en responder. Ivey Sapp estaba al lado pelando cacahuetes en una ancha sartén blanca esmaltada, e iba desechando las cáscaras sobre unas hojas de periódico desplegadas a sus pies.

Pero de repente un grito rompió aquel prolongado silencio. Un grito mínimo y convulsivo que procedía sin duda de la casa de James Caskey. Sister y Elinor clavaron las agujas en la tela y giraron la cabeza al mismo tiempo. Mary-Love se levantó de su silla, y Ivey se incorporó y dejó el cuenco blanco esmaltado en el suelo del porche.

—¡Dios mío! —exclamó Elinor—. ¡Es Grace!

—¡Pues sí, es Grace! —dijo Sister.

Habían tardado un momento en reconocer la voz de la niña, porque nadie la había oído gritar nunca.

—¿Qué está haciendo esa mujer? —preguntó Mary-Love, súbitamente pálida—. ¿Qué le está haciendo a Grace?

Se oyó otro grito, que quedó ahogado pasados unos segundos. Entonces la puerta trasera de la casa de James Caskey se cerró de golpe y las mujeres del porche, ya de pie, vieron cómo Zaddie se acercaba corriendo por el patio y subía sin aliento los escalones delanteros. Era evidente que estaba muerta de miedo.

—¡La señora Genevieve está atizando a Grace! —gritó.

En el breve silencio que siguió a la frase de Zaddie, se oyó otro sollozo convulsivo de Grace y luego otro grito, inmediatamente sofocado.

—¿Qué ha hecho Grace? —preguntó Mary-Love.

—¡Se ha entropezado con un cable y ha rompido una lámpara! —dijo Zaddie sin aliento. En los momentos de tensión, su expresión perdía la elegancia que había adquirido gracias a la lectura—. Grace y yo estábamos jugando en el vestíbulo, jugando y ya, y Grace va y se le engancha el pie en el cable y, pum, la lámpara se cae al suelo y se rompe, y la señora Genevieve ha agarrado la lámpara y me la ha tirado a mí, pero no me ha dado. Entonces va y agarra a Grace y empieza a atizarle.

—¡Mamá, tienes que detenerla! ¡Escucha a la pobre niña!

Grace volvió a gritar, aunque ahora el sonido salía de una ventana distinta.

—¡La señora Genevieve la está persiguiendo por toda la casa! —exclamó Ivey.

Mary-Love estaba indecisa. Su estrategia se basaba en relacionarse lo menos posible con Genevieve Caskey, y tampoco era propio de su familia interferir en la educación y la crianza de los niños. Por no mencionar que si una los criaba y educaba con rigor, a veces los niños lloraban.

—Si nadie va a hacer nada, lo haré yo —declaró Elinor, indignada. Acto seguido atravesó la puerta mosquitera, bajó los escalones laterales, cruzó el patio y entró por la puerta principal de la casa de James Caskey sin dudar ni un instante.

Sister, Mary-Love, Ivey y Zaddie se quedaron en fila, mirando por encima de las camelias sin apenas atreverse a respirar. A través de los ventanales de la casa vecina oyeron la voz distante de Elinor:

—¡Grace! ¡Grace!

Enseguida se abrió la puerta principal de la casa de James Caskey y Grace Caskey salió disparada. Atravesó el patio corriendo y subió los escalones laterales. Zaddie corrió hacia ella y Grace se lanzó a los brazos de su amiga, que la abrazó con todas sus fuerzas. Mary-Love y Sister las apartaron y miraron a Grace a la cara.

—Pero ¡niña! —exclamó Mary-Love—. ¡Si tienes la cara toda roja y llena de cardenales!

—¡Mamá me ha pegado! —gritó Grace—. ¡Mamá me ha pegado con un cinturón!

—¿En la cara? —preguntó Mary-Love. Le costaba creer que incluso Genevieve Caskey fuera capaz de algo así—. Niña, ¡podría haberte sacado un ojo!

Zaddie estaba en el rincón, hablando entre susurros con su hermana mayor. Al cabo de unos instantes, Ivey se acercó y dijo en voz baja:

—Señora Mary-Love, Zaddie dice que la señora Genevieve ha estado bebiendo...

Mary-Love sacudió lentamente la cabeza. Sister se sentó en el columpio, cogió a Grace, puso la cabeza de la niña sobre su regazo y le acarició el pelo. Esta se llevó las manos a la cara y rompió a llorar. En esa posición, se podía ver que le habían arrancado las braguitas y que tenía marcas del cinturón de Genevieve también en las piernas y el trasero. En el muslo de la niña, dos líneas de sangre marcaban el lugar donde la hebilla había desgarrado la piel.

Mary-Love se volvió hacia la casa de los Caskey. ¿Qué le estaría diciendo Elinor a Genevieve?

En ese preciso instante, la cabeza de Elinor asomó de repente por la ventana del comedor.

—¡Zaddie! —gritó.

—¿Sí? —preguntó la muchacha.

—Ve a buscar al señor James al aserradero. Ahora mismo, ¿me oyes?

La cabeza de Elinor volvió a desaparecer dentro

de la casa. Zaddie se acercó al columpio y sostuvo un momento la mano temblorosa de Grace.

—¡Vamos, niña! —gritó Mary-Love—. ¡Haz lo que dice la señora Elinor!

Sister llevó a Grace a su propia habitación, le lavó la cara y, después de bajar las persianas y correr las cortinas, la metió en la cama. A continuación se sentó a su lado y le susurró palabras de consuelo y le abanicó la cara (en la habitación oscura hacía un calor sofocante) hasta que la niña se durmió. Entonces se sentó en una mecedora a los pies de la cama, con el abanico en una mano y una novela en la otra. Quería asegurarse de que, si se despertaba, la niña no estuviera sola.

Mary-Love se quedó en el porche lateral, junto a Ivey. Ninguna le quitó el ojo de encima a la casa de al lado, aunque su interés era tan inquebrantable como insatisfecho, porque no se veía ni se oía nada. James llegó en su automóvil veinte minutos después de que Zaddie hubiera salido a buscarlo. La muchacha fue la primera en bajarse del vehículo. El hombre no se dirigió a su casa, sino a la de su cuñada, donde se detuvo entre dos grandes camelios a hablar con Mary-Love.

—James —dijo Mary-Love—, ¿te ha contado ya Zaddie lo que ha pasado?

Él asintió.

—¿Dónde está Grace? —preguntó.

—Está en la habitación de Sister y se quedará ahí hasta...

—¿Y Genevieve?

—Genevieve y Elinor siguen ahí dentro —respondió Mary-Love señalando la casa de James—, pero no tengo ni idea de qué estarán hablando. James, no sé si te acuerdas, pero una vez Genevieve se me tiró encima con una escoba.

Sí, James se acordaba, y no hacía falta que le refrescaran la memoria.

—¿Tú qué crees que le estará diciendo Elinor?

—No tengo ni idea —repitió Mary-Love con impaciencia—, lo único que sé es que es mejor que vayas para allá.

James dio media vuelta y cruzó de mala gana el patio hacia su propia casa. Pero antes de que llegara a la entrada principal, la puerta se abrió y Elinor salió con gesto sombrío y una maleta en cada mano.

—James —dijo—, mete esto en el coche.

—Elinor —susurró él—, ¿has hablado con Genevieve?

—Hay dos más —se limitó a responder ella, y volvió a meterse en la casa.

Zaddie y James cargaron las cuatro maletas en el coche. Detrás vinieron tres cajas de sombreros, un joyero y dos maletas más pequeñas que contenían a saber qué. Eran todas de cuero azul oscuro con las iniciales «GC» en dorado. La propia Genevieve fue la última en salir; llevaba un vestido negro y un velo también negro, y tan espeso que no le habrían visto la cara aunque se hubieran acercado con un farol.

—Por Dios —susurró Ivey a Mary-Love—, debe de estar muriéndose de calor ahí debajo.

—Yo lo que quiero saber es quién ha perseguido a quién con una escoba —comentó Mary-Love.

Elinor salió detrás de Genevieve y se quedó ante la puerta principal, como protegiéndola.

—Elinor —dijo James, que no se atrevía a hablar con su mujer—, ¿adónde vamos?

—A Atmore. Genevieve va a coger el Humming Bird a Nashville. Pero tú, James, no vas a conducir.

Genevieve ya estaba subiendo al coche. Si había una postura que indicara derrota, le dijo Mary-Love a Ivey, era la de esa mujer.

—Pero, entonces, ¿cómo va a llegar hasta allí? —preguntó James, perplejo. Para él era un verdadero alivio que fueran las mujeres quienes resolvieran aquella situación tan difícil (por algún motivo, siempre lo hacían ellas), pero le habría gustado que alguien le explicara su papel en aquel pequeño drama.

—Vas a dejarle el coche a Bray, y Zaddie irá detrás —respondió Elinor.

Al oír eso, Ivey salió corriendo hacia la casa nueva para avisar a Bray, que estaba plantando camelias y espinos en el patio lateral. No le dieron ni siquiera tiempo para cambiarse la ropa de jardinero por el uniforme, y le mandaron subirse directamente al automóvil. Partió hacia Atmore con Zaddie en la parte trasera y Genevieve, muda e inmóvil, en el asiento del copiloto.

—Bray —dijo Elinor—, ¡conduce con cuidado! ¡Va a llover!

James Caskey levantó la mirada. El calor acumulado tras todo un día de sol abrasador se abatió sobre él desde un cielo interminable, azul y sin nubes.

Elinor no quiso revelar lo que le había dicho a Genevieve Caskey para convencerla de que volviera a Nashville. Y la intriga era mayor teniendo en cuenta que, según decían, Elinor Caskey era precisamente la razón por la que Genevieve se había quedado tanto tiempo en Perdido.

—¡Cómo iba a dejar que se quedara aquí después de lo que le ha hecho a Grace! —se limitó a decir Elinor—. ¡Es que, encima, la pobre ni siquiera había roto la lámpara!

James y Elinor subieron a la habitación de Sister y se quedaron de pie junto a la cama de Grace. La niña seguía profundamente dormida.

—Es su forma de esconderse —dijo Sister en voz baja—. Yo hago lo mismo.

De vuelta en el porche, Elinor le dijo a James:

—Lo siento mucho. Todo esto es culpa mía.

—¿¡Culpa tuya!? —exclamó James—. Ni hablar, pero si...

—¿Por qué dices eso? —preguntó Mary-Love a su nuera con suspicacia.

—Debería haberme dado cuenta de lo que era capaz de hacer Genevieve. Debería haberla sacado de aquí antes de que pasara lo que ha pasado hoy.

—Yo también lo habría preferido —dijo Mary-Love—, pero te diré la verdad, Elinor. Esta tarde, cuando te he visto entrar en esa casa, no habría sabido por quién apostar, y Sister e Ivey tampoco.

Elinor hizo caso omiso del comentario.

—Debería haberla metido en ese tren hace dos meses —siguió diciendo.

—James —intervino Mary-Love—, es hora de hablar del divorcio.

—No —interrumpió Elinor—. Ya habrá tiempo más adelante, no hay por qué hacerlo ahora.

—¿Por qué no? —preguntó Mary-Love—. ¿Qué mejor momento que este, mientras esa niña está acostada arriba con marcas de cinturón por todo el cuerpo? James tiene a varios testigos aquí mismo, en este porche.

—Esperemos hasta esta noche —dijo Elinor—. Esperemos a que vuelvan Bray y Zaddie y confirmen que nos hemos librado de Genevieve.

La carretera a Atmore salía de Perdido en dirección noreste, pasaba por los aserraderos y atravesaba unos cientos de hectáreas de pino propiedad de Tom De-

Bordenave. Luego bordeaba el pantano de cipreses donde nacía el río Blackwater, y finalmente se adentraba en los vastos patatales y campos de algodón del condado de Escambia. Atmore era el lugar más cercano con estación de ferrocarril, aunque era una ciudad tan pequeña que el tren solo se detenía para recoger pasajeros si el jefe de estación avisaba con una señal.

Bray conducía por la carretera más deprisa que de costumbre. Le habían advertido de que la señora Genevieve tenía que estar en la estación de la L&N a las cinco y media para sacar el billete y darle tiempo al jefe de estación para detener el Humming Bird. El automóvil de James Caskey era un pequeño turismo comprado en 1917, un bonito Packard con capota metálica y parabrisas de cristal, que Bray conducía con extremo placer.

Aunque ya empezaba a caer la tarde, la luz seguía siendo deslumbrante y el calor, sofocante. Genevieve Caskey iba sentada en silencio, sin mirar a Bray ni fijarse en el paisaje. Zaddie se había sentado con aprensión en el asiento trasero, consciente de que habían encargado aquella tarea a Bray porque Elinor no quería darle a Genevieve ocasión de «darle explicaciones» a James durante el viaje, de achacar su mal genio al calor o al aburrimiento. Y Zaddie sabía también que a ella la habían enviado para impedir que Bray cediera si Genevieve quería tentarlo para no meterse en el tren de Nashville. Pero Genevieve ofreció las mismas explicaciones y sobornos que un maniquí del escaparate de la tienda de Berta Hamilton.

Al llegar al pantano de cipreses, Zaddie estaba casi dormida por culpa del calor que hacía dentro del coche. Sentada con la cabeza hacia atrás, mantenía los ojos cerrados para protegerlos del sol que refulgía en el cielo desierto de Alabama y emitía destellos en el interior de sus párpados. Zaddie se olvidó de todo menos de aquellas intensas manchas amarillas y rojas que se arremolinaban en su cerebro. Pero de repente el amarillo y el rojo se desvanecieron, y una sombra fría se instaló sobre el rostro de Zaddie. Abrió los ojos: una solitaria nube gris oscuro había cubierto el sol. No era grande (no más que las parcelas de los Caskey, pensó), pero sin duda parecía fuera de lugar. Zaddie, que estaba segura de que cinco minutos antes no había ninguna nube en el cielo, reparó en otra peculiaridad: las nubes solitarias solían estar mucho más altas y tendían a ser ligeras, inmóviles y blancas. Aquella, en cambio, era oscura y turbia, y se encontraba a poca altura.

Incapaz de apartar los ojos de la nube, que parecía dirigirse directamente hacia ellos, Zaddie se acurrucó en el extremo del asiento.

Bray redujo la velocidad del Packard y Zaddie miró al frente. Un poco más adelante había un gran camión de transporte de madera que avanzaba lentamente, cargado hasta los topes. Sin duda se dirigía a Atmore, donde había otros dos aserraderos. De la parte trasera del camión sobresalían varios troncos de pino sin ramas, que botaban con cada vaivén del vehículo. El más largo llevaba un pañuelo rojo atado en el extremo, para que los conductores que venían por detrás pudieran juzgar mejor la distancia de seguridad.

Zaddie volvió a mirar al cielo. La nube había pasado por encima de ellos y seguía avanzando.

Entonces la muchacha se fijó en otro detalle peculiar: lejos de moverse con la brisa, las livianas ramas de los cipreses del pantano estaban totalmente inmóviles y colgaban lacias por el calor; ningún viento agitaba tampoco la hierba seca que bordeaba la carretera. Y, en cambio, aquella nube negra y turbulenta había pasado por encima del coche surcando el cielo a toda velocidad.

La nube pareció detenerse no muy lejos de allí y, ante la mirada de Zaddie, empezó a descargar lluvia de repente, como si fuera una esponja y Dios la estuviera estrujando. Incluso Genevieve levantó la cabeza ante aquel aguacero repentino. Desde su posición, a medio kilómetro de distancia, vieron cómo la lluvia descargaba sobre la carretera por la que circulaban. Zaddie nunca había visto nada parecido. El sol brillaba a su alrededor, y la luz blanca y amarilla iluminaba las copas de los árboles del pantano, y, sin embargo, ahí estaba aquella nube negra y solitaria que derramaba lluvia a cántaros justo sobre la carretera.

—¡El diablo le está pegando a su mujer! —exclamó Zaddie, como decía Ivey siempre que llovía al tiempo que hacía sol.

—¡Cállate, Zaddie! —le soltó Bray—. Tenemos que cruzar ese aguacero.

Un poco más adelante, la carretera trazaba una leve curva a la derecha. Bray y Zaddie vieron cómo, a unos cien metros delante del camión, la lluvia del nubarrón gris oscuro caía con fuerza sobre el asfalto.

—Si ese camión no se da prisa no llegaremos a tiempo, señora Genevieve.

Genevieve no respondió.

De repente, como si reaccionara a las palabras de Bray, el camión aceleró. Zaddie conjeturó que el conductor no querría pasar más tiempo del necesario bajo aquella peculiar cortina de lluvia.

Bray tampoco quería, por lo que mantuvo el ritmo.

El camión de madera se adentró en la sombra de la nube. El agua caía a raudales y golpeaba los árboles talados, y en dos o tres segundos el pañuelo rojo del tronco más largo quedó completamente empapado. El camión levantó grandes olas de agua a ambos lados.

—¡Bray, no! —exclamó de repente Genevieve, que al parecer no quería que atravesara ese extraño velo de agua.

Pero era demasiado tarde para detenerse: el Packard se había adentrado ya en los confines tormentosos de la nube. Nunca habían visto un diluvio tan intenso en un área tan pequeña. El agua golpeaba el techo con una fuerza ensordecedora y entraba a borbotones por las ventanillas, tanto que Bray, Zaddie y Genevieve quedaron empapados al instante. La lluvia, que caía con tanta fuerza sobre el parabrisas que les impedía ver la carretera, invadió todos sus sentidos, y de repente dejaron de ver, oír, sentir, saber y oler.

El Packard derrapó hacia la izquierda y Bray pisó suavemente el acelerador para recuperar el control. Logró su objetivo, pero aquel acelerón repentino hizo que el coche se pegara demasiado al camión. De pronto, tenían el largo tronco de pino con el pañuelo rojo atado justo delante. Este golpeó el parachoques del Packard, patinó sobre el capó y atravesó el parabrisas.

Genevieve Caskey no tuvo tiempo ni de gritar. Apenas alcanzó a atisbar un destello rojo al otro lado del parabrisas, pero para cuando su mente registró aquel color fugaz, el tronco había roto ya el cristal, y el extremo, resinoso e irregular pero afilado como una lanza, le había atravesado el ojo derecho y le había salido por la parte posterior del cráneo. El impacto fue tan fuerte que le arrancó la cabeza y la proyectó sobre el asiento trasero.

Zaddie levantó la vista y vio la cabeza empalada de Genevieve balanceándose encima de ella. Del velo, aún pegado, goteaba sangre diluida por la lluvia.

El tronco que había decapitado a Genevieve Caskey quedó enganchado en el techo, de modo que, aunque Bray volvió a perder el control del vehículo, el camión de madera los arrastró. Cuando salieron de debajo de la nube y se encontraron de nuevo sobre pavimento seco, Bray pisó el freno al tiempo que desencajaba el tronco del techo con la mano.

El conductor del camión no detuvo su vehículo, ajeno al accidente que acababa de producirse. Mientras el cuerpo de Genevieve Caskey se estremecía convulsivamente en el asiento delantero del Packard, la cabeza atravesada salió por el agujero del parabrisas destrozado y se quedó allí empalada hasta que el camión llegó a Atmore, donde la descubrieron dos trabajadores encargados de descargar los troncos. Ninguno de los dos quería tocarla, pero con la ayuda de un palo la liberaron de la lanza y la dejaron caer en una caja de naranjas que había en el suelo.

—¿Lo veis? —dijo Elinor, imperturbable, cuando se enteraron de la noticia—. Ya os dije que no hacía falta hablar del divorcio de James.

10

Las joyas de los Caskey

Todos los habitantes de Perdido acudieron al funeral de Genevieve. Los Caskey no habrían podido impedirlo ni aunque el propio James se hubiera plantado en la puerta de la iglesia con un fajo de billetes nuevos de dos dólares y le hubiera ofrecido uno a todo aquel que accediera a dar media vuelta y volver a su casa sin tratar de echarle un vistazo fugaz al cadáver mutilado. Pero a la hora de la verdad, incluso después de acceder al interior de la iglesia, se quedaron con las ganas; las circunstancias de la muerte de Genevieve obligaron a recurrir a un ataúd cerrado.

Los Caskey se sentaron en el primer banco a la izquierda. Las mujeres iban vestidas de negro con velos gruesos. El luto estricto había pasado bastante de moda en los últimos años, pero aun así los Caskey eran una familia bien, y todos tenían sus atuendos fúnebres guardados en el fondo de un armario. Incluso Grace llevaba un sombrerito con un pesado velo. Muchos en el pueblo opinaron que era una muestra de afectación exagerada, pero en realidad el velo servía para ocultar los moretones y las ronchas que le había dejado la muerta dos días antes y que aún eran visibles en su rostro.

El marido de Genevieve lloró. Las suyas fueron las únicas lágrimas de los Caskey aquella mañana. Mary-Love, Sister y Elinor ni siquiera fingieron estar afectadas.

En el banco detrás de Mary-Love había un hombre y una mujer que nadie había visto nunca. El hombre, alto y de aspecto desagradable, no paraba de toser. La mujer, de baja estatura y con hoyuelos, resollaba mientras arrullaba a un niño sentado a su lado, una criatura de unos cuatro años que se quejaba de aburrimiento con susurros y chillidos incesantes. Estaba claro que eran los familiares de Genevieve. A la vista de aquella gente, la poca sofisticación que Genevieve había mostrado —en su ropa y en su capacidad para recitar los nombres de todos los presidentes— se reveló como una auténtica farsa. Al final resultó que eran Queenie y Carl Strickland y su hijo Malcolm. Al parecer, cuando Genevieve estaba en Nashville vivía con ellos.

Llegaron tan solo una hora antes de la misa y se marcharon nada más salir del cementerio. Mary-Love asintió cuando se los presentaron y Oscar les estrechó las manos a todos. Elinor y Sister se limitaron a sonreír. Y todos se alegraron mucho de que los Strickland desaparecieran antes de verse obligados a decir algo positivo sobre la muerta.

Enterraron a Genevieve en el cementerio del pueblo, situado en un terreno alto y arenoso al oeste de las casas de los trabajadores. Por suerte, el lugar apenas se había visto afectado por la inundación. Cabe señalar que el cementerio junto a la iglesia bautista de la Paz de Bethel, en Baptist Bottom, no había tenido tanta suerte. Allí, huesos y fragmentos de ataúdes habían salido flotando hasta la superficie y, al retirarse las aguas, habían quedado esparcidos a lo largo de varias manzanas. Las mujeres de color, antes incluso de volver a entrar en sus propias casas destruidas, se habían dedicado a recoger huesos en sacos de arpillera, y los hombres habían excavado una profunda fosa común donde habían enterrado los restos no identificables de padres, esposas, hijos y amigos, que reposarían allí hasta que la siguiente inundación volviera a sacarlos a flote.

Ahora, en la parcela de los Caskey había cinco tumbas: la de Elvennia y Roland, los padres de James; la de Randolph, el hermano de James y marido de Mary-Love; la de la hermana de Randolph y James, que había muerto siendo aún una niña; y ahora también el profundo hoyo rectangular en cuyas profundidades se habían vuelto a reunir la cabeza y el cuerpo mutilados de Genevieve.

Aquella tarde Mary-Love, Elinor y Sister se quitaron los vestidos de luto y fueron a la casa de al lado para revisar las cosas de Genevieve. La ropa de Genevieve se la repartirían entre las tres, en función de su talla, y si algo no le quedaba bien a ninguna de las tres, se lo darían a Roxie y a Ivey. (Si Queenie Strickland se hubiera quedado en Perdido, como todos temían, le habría correspondido parte del vestuario, aunque, como comentó Mary-Love en clara alusión a la escasa altura de la mujer, «habría tenido que meter medio metro de dobladillo en todos los bajos».) Habían rescatado todas las maletas de Genevieve del maltrecho Packard y ahora estaban en casa. Mientras Elinor y Sister empezaban a vaciarlas, Mary-Love abrió los bolsos más pequeños. Dos contenían cosméticos, pero Mary-Love no encontraba el que guardaba las joyas de Genevieve.

—Eran de Elvennia —dijo Mary-Love—. Me deberían haber correspondido a mí. Pero Elvennia se las dejó a James. No sé qué se pensaba que iba a hacer su hijo con ellas...

La verdad (y Sister, por lo menos, lo tenía clarísimo) era que Mary-Love nunca se había llevado bien con su suegra, y que Elvennia le había dejado las joyas a su hijo por puro despecho.

—Solo espero —añadió Mary-Love con aire severo— que nadie abriera el maletero del coche y se llevara la bolsa mientras estaban ahí, en la carretera.

—¿Qué tipo de joyas tenía Genevieve? —preguntó Elinor, colocándose una elegante falda de lino sobre la cintura.

—Sobre todo diamantes. No eran grandes, pero tenía muchos. Y con buenas monturas. Pendientes de rubíes. Pendientes de esmeraldas. Pulseras. No se los ponía mucho, pero los llevaba consigo a todas partes.

—Mamá, sabes perfectamente por qué lo hacía —dijo Sister—. ¡Temía que vinieras a robárselas!

—¡Y lo habría hecho! —exclamó Mary-Love—. ¿Quién crees que cuidó de Elvennia Caskey cuando se puso enferma? James no sabía ni por dónde empezar. ¡Y luego la maldita vieja va y tiene el descaro de dejárselo todo a él!

Elinor levantó la vista: era la primera vez que oía a Mary-Love hablar así.

—Después del funeral de Elvennia —añadió Mary-Love—, le dije a James: «James, deberías darme las joyas, me las he ganado». Pero no quiso. Dijo que su madre había decidido que fueran para él y se las quedó. Aún no se lo he perdonado. «James, por lo menos dame las perlas», le dije, pero incluso eso me negó.

—¿Había perlas? —preguntó Elinor con interés.

—Perlas negras —dijo Mary-Love—. Las más hermosas que hayas visto jamás. Tres cadenas dobles, que podían unirse para lucirlas juntas. Genevieve podría haberse quedado con todos los diamantes, los rubíes y los zafiros; al fin y al cabo, la gente de por aquí lleva poco más que su anillo de boda; pero yo esas perlas las podría haber lucido en cualquier momento y en cualquier lugar. Por lo menos la cadenita más pequeña: esa la podría haber llevado a la iglesia. Y es que, además, a Genevieve no le gustaban. No se las ponía porque eran negras. Pero las llevaba siempre encima, a todas partes, ¡y yo me moría por esas perlas!

—Las perlas son mis preferidas —dijo Elinor en voz baja.

—Los míos son los zafiros —confesó Sister—. Pero solo tengo este anillito de bebé que me regalaron por ser la primera nieta. Mamá, a lo mejor deberías preguntarle a James si sabe dónde está el estuche...

Mary-Love, que había estado contando las prendas de ropa interior y clasificándolas según la calidad, dejó cinco faldas de seda sobre el respaldo de una silla y dijo:

—Eso es justo lo que voy a hacer. Deberíamos averiguar qué pasó con las joyas. ¡Son valiosas!

Elinor y Sister se quedaron desempaquetando las cosas de la fallecida. Mary-Love regresó pasados diez minutos y se quedó en la puerta con expresión estupefacta y una mano detrás de la espalda.

—¿Y bien? —preguntó Sister sin levantar la vista—. ¿James sabe dónde está el maletín?

Mary-Love sacó la mano: sostenía el joyero de Genevieve por una de las asas laterales. Las otras dos mujeres se volvieron hacia ella. Mary-Love accionó el pestillo y abrió la tapa. Dentro había una bandeja vacía, forrada de terciopelo, que cayó al suelo; la caja no contenía nada más.

—¡Mamá! —exclamó Sister—. ¿Dónde están las joyas?

Mary-Love miró a su hija y luego a su nuera, y dejó caer deliberadamente el joyero al suelo. La tapa se desencajó por el impacto.

—James las ha enterrado. Las metió todas en el ataúd de Genevieve.

La muerte de su esposa había afectado más a James Caskey de lo que nadie podía imaginarse. James se culpaba a sí mismo por haberla echado de su casa y enviarla a lo que resultó ser su muerte. Y se culpaba por no haber conducido él mismo el Packard hasta Atmore, pues entonces tal vez podría haber ocupado su lugar.

Oscar señaló que, según aquella argumentación, sería mucho más lógico que James culpara a Elinor y a Bray por la muerte de Genevieve. Al fin y al cabo, era Elinor quien había echado a Genevieve; y había sido la forma de conducir de Bray la que había provocado el accidente. Pero James no lo veía así y prefería cargar él mismo con la culpa. Y justamente para expiar en parte aquel pecado —involuntario pero letal— había enterrado a Genevieve con todas las joyas que había heredado de su madre.

De hecho, reaccionó con sorpresa ante las indignadas y atónitas protestas de Mary-Love.

—Pero, Mary-Love, ¿qué diablos iba a hacer yo con esas joyas? —se justificó débilmente—. No me las iba a poner, eso seguro. Y se las había regalado todas, hasta la última, a Genevieve...

Mary-Love suspiró. Había logrado hablar con James a solas. Eran la generación más vieja de los Caskey, y había conversaciones y decisiones que nadie más que ellos debía presenciar. Por eso había preferido que sus hijos no la acompañaran.

—James —dijo Mary-Love—, ¿quién está en la habitación de al lado, llorando en la cama?

—Grace —dijo James. Los sollozos de la niña se oían a través de la pared.

—¿Y qué es Grace? —preguntó Mary-Love, escrutando el rostro de su cuñado—. Grace es una niña pequeña, ¿verdad?

—Sí.

—Pues bien, James, Grace va a crecer. Y de mayor podría haber aprovechado esas joyas. Esas joyas, que primero me deberían haber correspondido a mí, podrían haber sido para Grace. James, eres un insensato. ¡Podrías haberlas repartido! Al fin y al cabo son las joyas de los Caskey. Algunas habrían sido para mí, otras para Sister, otras para Elinor, y Grace habría tenido una caja fuerte llena de joyas. Incluso podrías haberle regalado un par de pendientes a Queenie Strickland antes de que se marchara. ¡Todo el mundo podría haber sacado beneficio!

James parecía sinceramente compungido.

—No se me ocurrió nada de eso, Mary-Love —dijo.

—Ya lo sé. ¡Pero, aunque se te hubiera ocurrido, no lo habrías hecho! ¡Me entran ganas de darle a Bray una pala y decirle que vaya a desenterrar a Genevieve!

James Caskey se estremeció.

—¡Mary-Love! ¡No, por favor, no lo hagas! —rogó.

Mary-Love no le dio la satisfacción de prometérselo.

Pero nadie desenterró el féretro de Genevieve, y Mary-Love prohibió que se volviera a mencionar el tema de las joyas de la familia: era una pérdida demasiado dolorosa. Nadie podía creer que James Caskey se hubiera deshecho sin más de una caja llena de joyas que valían por lo menos treinta y ocho mil dólares. Hacía ya tiempo que Mary-Love tenía la costumbre de invertir en piedras preciosas y conocía bien su valor.

Una mañana de octubre, Ivey estaba en la cocina preparando la comida. Desde la muerte de Genevieve, seis semanas antes, James y Grace habían adquirido el hábito de comer con Mary-Love. Roxie no tenía mucho que hacer en todo el día, de modo que había decidido pasar la mañana con Ivey y Zaddie en la cocina de Mary-Love.

—¡Oh, fíjate! —exclamó Ivey, inclinándose sobre el fogón.

—¿Qué pasa? —preguntó Roxie.

—¡Las patatas!

—¿Tienen bichos?

—No, no —dijo Ivey—, pero nunca vi el agua hervir tan rápido. ¡Eso significa que hoy va a llover!

—Pues yo no veo ninguna nube —comentó Roxie, mientras apoyaba los pies en el suelo y, sin levantarse de la silla de mimbre, se inclinaba hacia la izquierda para mirar el cielo a través de la ventana más cercana.

—Yo nunca me equivoco interpretando las patatas —dijo Ivey.

Y no se equivocó. Las nubes se formaron hacia el mediodía y la lluvia empezó a caer una hora más tarde. El agua sorprendió a James y a Oscar de camino al aserradero después de comer y tuvieron que meterse en la barbería para refugiarse. Aprovechando que estaban allí, decidieron cortarse el pelo.

Al principio no parecía que fuera a llover mucho, pero la intensidad del aguacero aumentó rápidamente, sacudiendo el fangoso Perdido, salpicando de arena gris los troncos de los robles acuáticos del patio, y obligando a quedarse en casa a todo aquel que no tuviera una necesidad imperiosa de salir. Y como en aquel pueblo nadie solía tener necesidades imperiosas, todo el mundo se quedó en casa. En los pinares, los trabajadores de los aserraderos se refugiaron en las cabañas de los leñadores o bajo algún cedro (el árbol que mejor cobija de las tormentas). Los niños se acurrucaron en los porches traseros a contemplar con asombro la lluvia, que en Perdido puede caer con mucha fuerza. Los terrenos de alrededor de las casas de los Caskey pronto quedaron anegados. Grace y Zaddie se sentaron en los escalones de la parte de atrás de la casa de James y se dedicaron a hacer barquitos de papel que soltaban en el inmenso charco que se había formado justo detrás de la cocina; aunque tampoco es que aquella actividad fuera muy divertida, ya que la lluvia aplastaba los barquitos y los convertía en amasijos pastosos en cuestión de segundos.

En el cementerio, la lluvia repiqueteaba sobre la tumba de Genevieve Caskey. El agua volcó las macetas en las que James Caskey colocaba flores todos los días, arrancó los pétalos y los esparció por la tierra, como si quisiera llevar el tributo de James literalmente hasta su esposa muerta. En poco tiempo, el agua borró el túmulo del ataúd de Genevieve, hasta que la tierra quedó tan llana como cuando Genevieve aún vivía y no pensaba en aquel hogar tan estrecho. Pero como la tierra que cubre las tumbas no es muy compacta, sobre el féretro de Genevieve pronto se formó una depresión, una depresión que enseguida se llenó de agua. A medida que el agua se filtraba bajo la tierra, caía más agua del cielo para llenar el charco, que, a su vez, no tardó en filtrarse también bajo la tierra... Al cabo de un rato, nadie podía negar que la esposa de James Caskey (con joyas y todo) estaba no solo muerta, sino también muy, muy mojada.

La lluvia sorprendió a Mary-Love y a Sister en la casa nueva, mientras medían las ventanas del salón trasero para confeccionar las cortinas. Desde que la casa estaba terminada, la estrategia de Mary-Love había cambiado. No tenía intención de permitir que Oscar se marchara, aunque eso significara tener que seguir compartiendo la casa con Elinor. Ahora que Genevieve estaba muerta, Mary-Love dirigió todo su antagonismo hacia su nuera. Para Elinor, el hecho de que Mary-Love fuera capaz de retener a Oscar aun cuando a él le resultaba inconveniente y oneroso quedarse —y con una casa vacía justo al lado— demostraba que Mary-Love ejercía sobre su hijo un poder mucho mayor al suyo propio. Mary-Love ya había dejado claro que no iba a dejar que tomaran posesión de la casa hasta que ella misma estuviera plenamente satisfecha. Y la satisfacción, se decía complacida, era algo que podía posponerse de forma indefinida. Las habitaciones principales hacía ya tiempo que estaban amuebladas, y unas gruesas sábanas protegían las piezas del polvo. El lugar estaba oscuro y en silencio, pues aún no disponía de electricidad y agua corriente.

La lluvia caía por los cuatro lados de la casa formando una pesada cortina desde el tejado, abriendo prolijos abrevaderos junto a los nuevos parterres que había instalado Bray.

—Sister —dijo Mary-Love, mirando con aprensión la cortina de agua que iban a tener que cruzar para llegar a casa—, ¿tienes algo para cubrirte la cabeza?

—Vamos a esperar hasta que amaine —sugirió Sister—. No puede llover así mucho tiempo más...

Mary-Love accedió, pues le pareció que no valía la pena volver a casa sin nada con lo que cubrirse y llegar empapadas. Las dos mujeres terminaron de medir las ventanas y, después de retirar y doblar delicadamente las sábanas protectoras, se sentaron en el nuevo sofá del salón principal. Sister abrió las cortinas, que habían colgado hacía apenas una semana, y las dos mujeres se dedicaron a observar si el aguacero disminuía.

El sonido de la lluvia resultaba hipnótico y, aunque solo era octubre, el aire era frío. La casa, que habían diseñado para que dejara entrar la luz y el aire, parecía de pronto sombría, oscura e inhóspita.

—Mamá, tal vez deberíamos encender un fuego... —sugirió Sister.

—Adelante —dijo Mary-Love—. ¿Tienes cerillas? ¿Leña? ¿Un poco de carbón?

—No —contestó Sister.

—Pues todo tuyo —espetó Mary-Love, abrazada con fuerza a su propio cuerpo.

Durante aquel pequeño intercambio, la lluvia había amainado de forma casi imperceptible. De pronto, Sister levantó la cabeza.

—Mamá, ¿has oído eso? —preguntó.

—Sí, la lluvia.

—No, quiero decir dentro de la casa —susurró Sister—. He oído algo dentro de la casa.

—Pues yo no oigo nada. La lluvia sobre el porche, eso es lo que has oído.

—Que no, mamá, que he oído otra cosa.

Algo cayó al suelo en la habitación que tenían justo encima.

—¿Lo ves? —exclamó Sister que se acercó a su madre de un salto—. Ahí arriba hay alguien.

—¡No, no hay nadie! —sentenció Mary-Love, aunque, a juzgar por su tono de voz, no parecía del todo convencida.

Se quedaron sentadas en silencio, escuchando. La lluvia seguía amainando, pero estaba muy lejos de detenerse.

De repente oyeron un tintineo metálico, débil y distante. ¿A qué se parecía? Era como oír a Grace abriendo su hucha en la cama de la habitación contigua.

Mary-Love se levantó, pero Sister intentó retenerla.

—Sister —dijo su madre con severidad—, no hay nadie más en esta casa. Habrá entrado una ardilla, o tal vez un murciélago. O el agua se está filtrando por el techo nuevo. ¿Tú sabes lo que me costó ese tejado? Voy a subir a ver qué pasa y tú vendrás conmigo.

Sister no se atrevió a negarse. Se oyó un tintineo más fuerte. Mary-Love salió al pasillo y empezó a subir las escaleras. Sister la siguió, agarrándose con dos dedos a la parte trasera de la falda de Mary-Love.

—El sonido venía del dormitorio principal —dijo Mary-Love.

Se detuvieron en el rellano y echaron un vistazo al pasillo del primer piso. Todas las puertas estaban cerradas y la estancia estaba a oscuras. Al fondo, una puerta con cristales tintados daba paso a un estrecho porche. Las vidrieras tenían un brillo intenso, de color bermellón, cobalto y verde amarillento, pero la luz no era lo bastante fuerte como para iluminar la oscura alfombra del suelo.

Se oyó otro ruido.

Sister se estremeció y se agarró al brazo de su madre.

—¡Mamá, eso no es un murciélago!

Mary-Love subió las escaleras con paso decidido y, sin dudar un instante, fue hasta el final del pasillo, pisando con fuerza el suelo enmoquetado como advertencia a lo que pudiera haber en el dormitorio principal. Al llegar al fondo del pasillo, se giró repentinamente a la izquierda y golpeó la pared. A continuación aporreó la puerta.

Al principio se hizo el silencio en el dormitorio, entonces se oyó un golpecito débil y, casi de inmediato, otro tintineo.

Sister, que se había obligado a seguir a su madre, contuvo el aliento.

—Ay, mamá, no abras esa puerta —suplicó con un susurro.

Mary-Love giró el pomo y empujó la puerta del dormitorio principal. Esta se abrió y reveló una habitación cuadrada y oscura, con las ventanas cubiertas con gruesas cortinas. Los muebles del dormitorio eran los primeros que habían comprado para la casa y los que más tiempo llevaban tapados con sábanas. La habitación estaba pintada de color verde oscuro. Mary-Love y Sister apenas lograban distinguir los contornos de la cama de nogal, el tocador, el espejo, el chifonier y la cómoda. Las dos mujeres se quedaron inmóviles en el umbral, atentas por si oían otro tintineo, otro golpe, tratando de detectar algún movimiento en la oscuridad de la habitación.

Hubo un destello en un rincón del techo, justo encima del chifonier. Inmediatamente después se oyó un golpe. Sister soltó un grito.

—¿Qué ha sido eso? —preguntó Mary-Love, que estaba mirando a otro lado.

—¡En el techo! ¡Estaba en el techo!

—Pero ¿qué era?

—¡No lo sé! Mamá, cierra la puerta y vámonos de aquí.

—No se ve nada con las cortinas cerradas. Sister, entra y córrelas.

—¡No pienso entrar, mamá! ¡Ahí dentro hay algo!

—Es un murciélago —insistió Mary-Love—, y lo voy a matar. Pero antes lo tengo que ver.

—¡Los murciélagos no brillan!

Hubo otro destello, al que siguió otro tintineo. Sister gritó, dio media vuelta y salió corriendo por el pasillo. Mary-Love se quedó mirando a su hija durante un momento, y entonces cruzó el dormitorio con decisión para abrir las cortinas.

—¡Sister! —gritó mientras apartaba la tela. Se dio la vuelta, pero justo entonces, por el rabillo del ojo, vio otro destello cerca del techo y al momento algo pesado y afilado le golpeó la coronilla. Después cayó al suelo con un ruido sordo.

Sister apareció en la puerta con cara de terror. Mary-Love se agachó para recoger lo que había caído al suelo.

—¿Qué es, mamá? —preguntó Sister.

Mary-Love lo acercó a la luz.

—Un anillo de zafiro —dijo. Y al cabo de un momento añadió con voz triste—: Tu abuela llevaba este anillo en el dedo corazón de la mano derecha.

Sister gritó y señaló el rincón de la habitación. Justo encima del chifonier, sobresaliendo de una moldura del techo, había una pulsera de joyas. Parecía como si la estuvieran exprimiendo, como una patata pasando por un majador. La pulsera quedó colgando un instante y entonces cayó sobre el chifonier con un sonoro tintineo. Mary-Love se acercó y la recogió. La pulsera tenía siete rubíes rodeados por unos diamantitos blancos y redondos.

—Elvennia la llevó el día de mi boda —dijo Mary-Love. Encima del chifonier había también un anillo montado con tres diamantes de un tamaño considerable.

—Mamá —susurró Sister, señalando la cama: encima del cubrecama había un puñado de joyas—. Mamá —repitió Sister—, ¡salen del techo!

—¡Shhh, Sister!

Frunciendo el ceño, Mary-Love cerró con fuerza el puño con el que sujetaba la pulsera y los dos anillos, hasta que sintió cómo las aristas de los diamantes se le clavaban en la piel.

—Sister —susurró—, todas estas son las joyas que James enterró en el ataúd de Genevieve.

Sister se mordió el labio y empezó a retroceder hacia la puerta.

—Pero, mamá —dijo al borde del llanto—, ¿cómo han llegado hasta aquí? ¿Cómo...?

Un broche de rubíes y esmeraldas cayó del techo a la cama, encima del montón que ya había. Aquello era demasiado incluso para Mary-Love.

—¡Fuera, fuera, fuera! —gritó, haciendo un gesto a Sister para que saliera por la puerta. Sister se volvió, preparada para echar a correr.

La puerta se cerró de golpe.

Dos anillos más cayeron del techo y golpearon en la nuca a Sister, que cayó de rodillas, gritando de miedo. Mary-Love pasó a trompicones junto a su hija, llegó a la puerta e intentó abrirla de un tirón. Giró el pomo, pero estaba cerrada.

—¡Mamá! —gritó Sister—. ¡Está cerrada!

—¡No, no lo está! —exclamó Mary-Love—. Solo está atascada.

Sister levantó la mirada. Del techo asomó otro brazalete, ahora en un lugar distinto al anterior. Tras oscilar un momento, cayó y quedó colgando en el borde del espejo de la cómoda.

Mary-Love se agachó y ayudó a su hija a levantarse. Esta soltó un gemido.

Sin saber qué más hacer y más confusa que nunca, Mary-Love abrió de un tirón la puerta del armario del dormitorio. Era una puerta pequeña, más pequeña que cualquier otra de la casa, y Mary-Love no recordaba por qué habían decidido hacerla tan desproporcionada. La puerta se abrió. El armario estaba vacío, salvo por una percha donde colgaba un solitario vestido negro con un velo también negro en la solapa. Ante la mirada de Mary-Love, el velo empezó a gotear una mezcla de sangre y agua de lluvia sobre el suelo del armario.

Mary-Love cerró el armario de golpe.

Sister seguía aferrada a su madre. Esta la apartó y fue de nuevo hasta la puerta del pasillo. A lo mejor era verdad que solo se había atascado: se había hinchado por la humedad y había quedado encallada en el quicio. Tiró del pomo con fuerza. Nada. Mary-Love retrocedió, mordiéndose los labios para no gritar de frustración y miedo.

La puerta se abrió de par en par.

Elinor Caskey estaba de pie en el pasillo. Llevaba un vestido verde y un pequeño collar de perlas negras en el cuello, ambos de Genevieve.

—Las puertas se atascan con la humedad —dijo Elinor.

—¡Oh, Elinor! —jadeó Sister—. ¡Estábamos asustadísimas! ¡Creíamos que alguien nos había encerrado!

—No es verdad —intervino Mary-Love con tirantez, empezando a recuperarse del susto e interesadísima en las perlas que lucía Elinor en el cuello—. Pensábamos que la puerta se había atascado, como has dicho tú misma.

Sister miró a su madre, pero no osó contradecirla.

—Pero, ¿qué haces aquí? ¿Has oído nuestros gritos? ¿Has venido por eso?

—No —dijo Elinor con una leve sonrisa—, he venido por otra cosa. Tengo una pequeña noticia.

—¿Qué pasa? —preguntó de inmediato Mary-Love.

—Ay, Elinor, ¿no puedes esperar unos minutos? Quiero volver a casa —dijo Sister.

—Sí, claro —dijo Elinor—. Puedo esperar. Pero creo que deberíamos recoger todo eso.

Pasó junto a Mary-Love y Sister, fue hasta la cama y empezó a meterse las joyas en los bolsillos del vestido. Mary-Love se apresuró a llenarse también los suyos.

II

La noticia de Elinor

Esa misma tarde, cuando la lluvia hubo amainado hasta convertirse en un simple goteo en los toldos que cubrían las ventanas, Sister se quedó en su habitación recuperándose mientras Mary-Love y Elinor deliberaban sobre qué hacer con las joyas de Genevieve. Por sorprendente que parezca, ninguna de las dos mujeres se refirió directamente a la inexplicable forma en que las piedras habían vuelto a sus manos. Lo primero que decidieron fue que James no las viera todas juntas, porque seguro que reconocería las joyas de su madre y de su esposa. Mary-Love se quedaría con los tres anillos que más le gustaban, reservaría dos brazaletes de zafiro y diamantes para Sister, y el resto lo guardarían en una caja fuerte en Mobile hasta que Grace alcanzara la mayoría de edad.

—Para entonces puede que James esté muerto —dijo Mary-Love—, o que haya perdido la memoria y podamos darle a Grace lo que le corresponde

sin tantos problemas. Supongo —añadió con deli-
cadeza— que tú deberías quedarte con las perlas,
Elinor.

—Sí, creo que eso es lo que haré —respondió ella.

De todas las joyas que habían enterrado en el
ataúd de Genevieve, las únicas que no habían caído del techo del dormitorio de la casa nueva habían sido las perlas negras. Incluso en aquel momento de terror y asombro absolutos, la ratonera que
era la mente de Mary-Love se había percatado de
ello. Pero había visto un collar de perlas alrededor
del cuello de Elinor, por lo que sospechaba que los
otros dos collares estaban también en posesión de
su nuera. Desde luego, Mary-Love habría preferido quedarse esas perlas ella misma (no solo eran las
joyas más valiosas, sino también las más bellas y útiles), pero aunque hubiera reprimido sus pensamien-
tos acerca de la inexplicable forma en que habían
recuperado las joyas, de alguna forma atribuía aquel
hecho a Elinor. Y si Elinor había recuperado las joyas («Sister, no preguntes cómo, no es necesario que
lo sepamos»), era de justicia que escogiera parte del
botín.

Después de aquella conversación, Mary-Love
no volvió a mencionar nunca más lo que había visto
en la casa de al lado; no deseaba averiguar qué significaba. Cuando Sister fue a verla más tarde y, entre susurros, le exigió explicaciones y le pidió que le
diera cinco motivos por los que no debían quemar

inmediatamente aquella casa hasta los cimientos, Mary-Love se limitó a decir:

—Sister, hemos recuperado las cosas de Elvennia y eso es lo único que me importa. Pero esto es lo que voy a hacer: mañana a primera hora mandaré a Bray a la casa con una escoba y le diré que mate a todos esos murciélagos que había en el techo del dormitorio.

—¿¡Murciélagos!?

Sister se disgustó tanto ante la terquedad de su madre que no fue capaz de pronunciar otra palabra civilizada y se marchó.

Aunque es posible que Mary-Love se convenciera a sí misma de que en aquel dormitorio había murciélagos, lo cierto es que no regresó para asegurarse de que hubieran recogido todas las joyas, ni para comprobar si lo que goteaba del vestido y el velo que colgaban en el armario era realmente sangre.

Esa noche, después de la cena, las tres mujeres se sentaron en el porche lateral a ver cómo salía la luna mientras esperaban a que Oscar regresara de la reunión del consejo municipal.

—¡Elinor! —exclamó Sister—. Antes has dicho que tenías una noticia, pero luego no nos has contado de qué se trataba. Se me había olvidado por completo.

—A mí también —dijo Mary-Love. Era evidente que no era verdad, pero que no había querido parecer entrometida o curiosa.

—Esta tarde he ido a ver al doctor Benquith. Parece ser que estoy embarazada —dijo Elinor con calma.

Por una vez Mary-Love no se contuvo: se levantó del columpio y fue a abrazar a Elinor. Sister no se quedó atrás.

—¡Oh, Elinor! —exclamó Mary-Love—. ¡Acabas de hacerme feliz! ¡Vas a darme un nieto!

—Ve a decírselo a James —la animó Sister—. Tiene las luces encendidas. ¡Se pondrá muy contento!

—No —dijo Elinor—. Primero se lo tengo que contar a Oscar.

—Pero si ya nos lo has dicho a nosotras... —señaló Sister.

—Es distinto —dijo Mary-Love a su hija—. Tú y yo somos mujeres. James es un hombre. Elinor tiene razón, James no tiene por qué saberlo antes que Oscar.

—¿Y a Grace podrías decírselo? Es una niña...

Mary-Love negó con la cabeza.

—Sister, a veces me sorprende la de cosas que no sabes. Las mujeres son las primeras en descubrir algo; y luego se lo dicen a los hombres, porque, si no, los hombres no se enterarían nunca de nada. Luego se enteran los criados y, por último, los niños. Y a veces los niños no se enteran nunca, ni siquiera de mayores. Hay secretos que mueren. No debería tener que contarte todo esto, Sister. ¡Son cosas que ya deberías saber!

—Bueno, pues no las sé —repuso Sister de malos modos—. Supongo que por eso no me casaré nunca.

—No digas eso —dijo Mary-Love en tono severo—. Cuando estés preparada...

El automóvil de Oscar se detuvo ante la casa.

—¿Quieres que entremos? —preguntó Mary-Love en voz baja, pero Elinor negó con la cabeza.

—Solo se lo voy a decir —contestó Elinor—. No veo por qué no podéis quedaros aquí.

Oscar subió al porche delantero y ya estaba a punto de entrar en la casa cuando Elinor lo llamó.

—¡Oscar, estamos aquí!

Este dio la vuelta hasta el porche lateral.

—Buenas —dijo—. Qué tarde tan estupenda se ha quedado, se han despejado todas las nubes...

—Oscar —dijo Elinor sin preámbulos—, voy a tener un bebé.

Oscar se quedó muy quieto, y entonces sonrió.

—Elinor, qué alegría. Pero lo que me gustaría saber es si va a ser niño o niña.

—Te conformarás con lo que te toque —lo riñó Mary-Love.

—¿Tú qué quieres? —preguntó Sister.

—Una niña —dijo Oscar, sentándose y pasando el brazo por el hombro de su mujer.

—Pues bueno, Oscar, estás de suerte, porque eso es lo que va a ser.

Elinor lo dijo no como si se tratara de una sospecha o una conjetura, sino como una elección, igual que podría haber dicho «Voy a comprar un vestido rosa» en lugar de «Voy a comprar uno azul».

—¿Cómo lo sabes? —preguntó Sister, que empezaba a sentir que había demasiadas cosas en la vida que no entendía.

—¡Shhh! —dijo Mary-Love—. ¡Creo que será maravilloso tener a una niñita en casa!

El anuncio de Elinor eclipsó por completo la pequeña agenda de novedades que Oscar traía de la reunión del consejo municipal, por lo que no se enteraron de las noticias hasta la mañana siguiente durante el desayuno. El pueblo iba a incorporar a un tercer agente al cuerpo de Policía; los comerciantes de la calle Palafox habían accedido a sufragar la mitad de los gastos de las nuevas aceras de hormigón; y, finalmente, un ingeniero de Montgomery, de nombre Early Haskew, se había instalado en el Osceola la tarde anterior, había acudido al consejo municipal («un hombre muy agradable y de buen aspecto», según Oscar, lo que no satisfizo el deseo de su madre de oír una descripción detallada) y ese mismo día comenzaría su estudio del río Perdido.

—¿Qué va a estudiar? —preguntó Sister.

—Pues lo del dique, ¿qué va a ser? —dijo Oscar. Elinor dejó el tenedor en la mesa con un ruido seco.

Oscar no sabía nada sobre embarazos, salvo que duraban nueve meses. Así pues, calculó que su hija nacería nueve meses a partir del día en que Elinor le había dicho que iba a ser padre, como si se hubiera quedado embarazada la noche anterior y de alguna forma lo supiera. Se alegró de descubrir que solo iba a tener que esperar siete meses: su hija (y estaba seguro de que iba a ser una niña, pues lo había dicho Elinor) nacería en mayo.

Esa noche, después de rezar sus plegarias junto a la cama, mientras Elinor se desvestía, Oscar se levantó y dijo:

—Elinor, creo que deberías dejar la escuela.

—Ni hablar —respondió ella.

—¡Pero estás embarazada!

—Oscar —dijo Elinor—, ¿crees que quiero pasarme todo el día sentada en esta casa, con la señora Mary-Love encaramada a un hombro y Sister al otro?

—No —admitió Oscar—. Ya sospechaba que no te gustaría la idea.

—Oscar —dijo Elinor, acercándose y descorriendo la cortina para dejar entrar la luz de la luna en el dormitorio—, ha llegado el momento de mudarnos a nuestra casa nueva.

Abrió la mosquitera y se asomó a la ventana. Miró hacia la izquierda y contempló la casa que habían construido para ella: grande, maciza y cuadrada. Se elevaba en medio de una extensión de arena reluciente, con el oscuro pinar susurrando de fondo.

—Oscar —siguió Elinor—, esa casa fue nuestro regalo de bodas. Llevamos seis meses casados y seguimos viviendo en la habitación donde dormías de pequeño. Cada vez que guardo un vestido, veo tus viejos juguetes en el fondo del armario. Siguen todos allí, ¡y yo no tengo donde meter mis zapatos! La casa de al lado tiene dieciséis habitaciones y no hay una sola persona en ninguna de ellas —añadió, metiéndose en la cama.

—Mamá se sentirá muy sola cuando nos vayamos —aventuró Oscar.

—«Mamá» tendrá a Sister —dijo Elinor—. Por las mañanas, «mamá» solo tendrá que mirar por la ventana, sin ni siquiera salir de la cama, para ver si nos hemos levantado ya y estamos en marcha. «Mamá» puede asomarse por la puerta trasera y sacudir la fregona en mi cara. Oscar, no nos vamos al fin del mundo; nos mudaremos a apenas treinta metros. Y recuerda también que voy a tener un bebé. Vamos a necesitar la casa.

—Ya lo sé —dijo Oscar, incómodo—. Hablaré con mamá. —De repente una idea atravesó su mente. Se giró sobre la almohada y miró a su esposa—. Elinor, déjame preguntarte algo. ¿Te has quedado embarazada solo para que pudiéramos mudarnos de esta casa?

—Haría cualquier cosa con tal de sacarte de esta casa, Oscar; cualquier cosa —contestó Elinor. Entonces se dio media vuelta y se durmió.

Oscar habló con Mary-Love, pero esta no quería ni oír hablar del tema. Objetó que la casa aún no estaba amueblada; aseguró que había murciélagos en el piso de arriba y que Bray no había sido capaz de matarlos; señaló que antes de que Oscar y Elinor se mudaran, tendría que contratar al menos dos mujeres de color para la casa, y todas las mujeres de color decentes de Perdido ya estaban ocupadas. Elinor estaba embarazada y no podía llevar la casa ella sola, todo el día subiendo y bajando escaleras, preocupándose por las sábanas y las almohadas. Además, para asegurarse de que Elinor y Oscar no se mudaran de improviso cuando ella se ausentara unas horas (como ocurrió en su boda), Mary-Love visitaba a menudo la Compañía de Aguas y la Compañía Eléctrica y del Gas de Alabama, y les obligaba a prometer que no darían el agua, la electricidad ni el gas antes de que ella comunicara su consentimiento por escrito.

Oscar se rindió.

—No puedo enfrentarme a mamá —le dijo a su mujer en tono de desesperación—. Siempre me gana en la argumentación. Y por Dios, Elinor, ¡lo único que quiere es cuidarte mientras estás embarazada! No sé por qué no te recuestas y lo disfrutas.

—No hay donde recostarse en esta casa. ¡Estamos apretadísimos!

—Hay sitio de sobra —dijo Oscar en tono conciliador—. Elinor, nos mudaremos a la casa de al lado en cuanto nazca la niña. Escucha, ¿sabes el cuartito que hay detrás de la cocina?

—Sí, sé cuál es.

—Estaba pensando que podríamos poner un catre ahí y que Zaddie duerma en casa todo el tiempo. Que te haga compañía y cuide de nuestra pequeña. Zaddie te quiere mucho y sé que no hay nada en el mundo que le haga más ilusión que vivir con nosotros.

Se trataba de una gran concesión. Si aquel conveniente e inofensivo acuerdo se cumplía, Zaddie Sapp sería la única persona negra de todo el condado de Baldwin —el más grande del estado, aunque no el más poblado— que viviría en un hogar blanco.

—Me parece una buena idea —dijo Elinor con una mueca—. Pero, Oscar, te lo advierto: no me has convencido. No voy a dejar que me compres con promesas sobre Zaddie. Creo que debemos mudarnos a la casa de al lado y creo que debemos hacerlo esta misma noche.

—¡Ni siquiera hay sábanas en las camas!

—¡Iré a ver a Caroline DeBordenave y se las pediré prestadas, si es necesario! —gritó Elinor.

—No podemos hacer eso —dijo Oscar.

—El que no puede hacerlo eres tú —lo corrigió Elinor—. No eres capaz de enfrentarte a la señora Mary-Love, eso es todo.

—Entonces habla tú con ella —dijo Oscar—. Plántale cara tú.

—No me corresponde a mí —dijo Elinor—. Me

niego a pasar el resto de mi vida oyendo cómo me acusan de haberte alejado de tu madre.

Así pues, Elinor y Oscar se quedaron en casa de Mary-Love Caskey durante el resto del embarazo de Elinor. A pesar de las protestas de Mary-Love, Elinor siguió yendo a la escuela cada mañana en el bote verde de Bray, con Grace encaramada en la proa, y no faltó ni un solo día por enfermedad. Mary-Love y Sister cosieron prendas para el bebé y fueron a Mobile para elegir muebles para la habitación. Sin embargo, en una decisión que no auguraba nada bueno, cuando llegaron los muebles, Mary-Love mandó instalarlos no en la casa de al lado, sino en una habitación vacía de su propia casa. Esa tarde, cuando Oscar regresó del aserradero, Elinor lo llevó al piso de arriba, abrió la puerta de la habitación y, sin mediar palabra, señaló el moisés de mimbre aún envuelto en papel marrón.

—Cuando llegue el momento me pondré firme —prometió Oscar en voz baja.

El momento llegó antes de lo que nadie esperaba. El día 21 de marzo, después de las clases, Grace Caskey estaba en el muelle mientras Elinor ataba el barco a la argolla de hierro del pilote más alejado. Grace echó una mano a Elinor y la ayudó a subir al desgastado muelle de tablas de pino. Era una maniobra compleja debido al voluminoso vientre de Elinor. Esta se llevó la mano a la frente, cerró los ojos un momento y dijo:

—Grace, ¿quieres hacerme un favor?

—Sí, claro —dijo Grace.

—Ve a decirle a Roxie que traiga al médico —dijo Elinor—. Luego corre a casa de la señora Mary-Love y dile a Ivey que abra mi cama.

La niña dudó un instante.

—¿Estás enferma? —preguntó con voz temblorosa.

—Grace —dijo Elinor con una débil sonrisa—, ¡voy a tener a mi bebé!

Grace salió corriendo, tan emocionada como el día de la boda de la señora Elinor.

Dos horas más tarde, con Sister agarrada a su mano izquierda, Ivey Sapp a la derecha y Mary-Love secándole el sudor de la frente, Elinor Caskey dio a luz a una niña de un kilo y medio. La niña era tan pequeña que durante dos meses tuvieron que llevarla por la casa sobre una almohada de plumas. Por decisión de Elinor, y con el consentimiento de Oscar, le pusieron Miriam Dammert Caskey.

La rehén

Miriam no se parecía a Elinor; se parecía a Oscar y a todos los demás Caskey. Eso habría bastado para que Mary-Love se encariñara de la niña, pero es que encima Miriam era su primera nieta. Tenía el pelo de los Caskey, un pelo sin color definido, y la nariz de los Caskey, que no era del todo recta, pero que tampoco podía definirse como aguileña, ni como protuberante, ni como demasiado pequeña, ni tampoco como exagerada, ni en su forma ni en su tamaño.

Miriam nació el lunes. Zaddie llevó una nota a casa de la señora Digman esa misma noche para comunicarle que Elinor no acudiría a la escuela a la mañana siguiente, pero que esperaba volver el miércoles. Y, efectivamente, Elinor regresó el miércoles, aunque Mary-Love, indignada, exclamó:

—¡Vas a dejar sola a tu bebé de dos días!

—No estará sola —comentó Elinor—. En esta casa está usted y también Sister e Ivey. En la de al lado están Zaddie y Roxie. Y si entre las cinco no logran organizarse, llame a Oscar. De todos modos, pasará por aquí cinco veces para ver cómo está...

—Yo creía que ibas a dejar las clases —dijo Mary-Love.

—Ni hablar —respondió Elinor—. ¿Qué pensaría de mí la señora Digman? ¿Qué pensarían mis indios?

—Pero ¿y la pobre Miriam...? —exclamó Mary-Love.

—Miriam tiene dos días, como ha dicho usted misma —señaló Elinor—. A ella le da igual si la cuido yo o el hombre de las nieves. Sister, ve a mi dormitorio, abre mi armario y ponte uno de mis vestidos; así, cuando te inclines sobre la cuna, podrás fingir que eres yo.

Durante los meses siguientes al nacimiento de Miriam, Elinor no presionó a su marido respecto a su promesa. Miriam era realmente pequeña (¿había habido alguna vez un bebé más pequeño?) y requería atenciones constantes debido a su tamaño y a su debilidad general. La niña tenía la piel muy blanca y por debajo se podían distinguir sus delicadas venitas azules. No lloraba casi nunca. En una ocasión Ivey habló de eso en privado con Roxie:

—La niña no tiene suficiente aliento para respirar; ni para respirar y para llorar. No puede hacerlo. Pero si llega a cumplir los dos años, te prometo que la tiraré al Perdido y le diré a Bray que la agarre en la otra orilla.

Roxie estuvo de acuerdo.

Las mujeres de la casa colocaron cuatro mantas enrolladas en un moisés que instalaron en la habitación que había entre la de Oscar y Elinor y la de Sister. Miriam pasaba toda la noche dentro de aquel rectángulo de seguridad, callada e inmóvil. Sister había pedido explícitamente tener el privilegio de administrar la toma de las dos de la madrugada, y a menudo tenía que despertar a la pequeña para ello. Pero a veces, cuando encendía la débil lámpara del rincón y se acercaba sigilosamente a la cunita, encontraba a la niña mirándola con una sonrisita en los labios; entonces, la propia Sister tenía la sensación de que la pequeña decía: «¡Sister, a mí no me vas a coger por sorpresa!».

Miriam crecía muy deprisa y cada vez tenía más fuerza. Sister y Mary-Love, que pasaban todo el día en casa mientras Elinor estaba en la escuela, pronto empezaron a considerar a la niña como propia, y les molestaba (un poquito) que Elinor pasara una hora con ella por las tardes. A menudo arrancaban la niña de los brazos de Oscar, a quien no creían preparado para sujetar a un bebé tan pequeño.

—Por Dios, mamá —protestaba Oscar—, ¡debería saber por lo menos tanto como Sister!

—¡Pues no! —le gritaba ella—. Es que es como si lo viera, Oscar. Cualquier día se te va a caer la niña de cabeza en el suelo...

Oscar se consideraba feliz: tenía una niña preciosa y muy buena. Le dijo a James que estaba convencido de que podían llevar a Miriam a la misa matutina y que esta no diría ni pío. Por su parte, Elinor parecía satisfecha con la situación: ya no pensaba en mudarse a la casa de al lado o, si lo pensaba, ya no lo mencionaba. Oscar estaba seguro de que el motivo de ese cambio era Miriam. Elinor necesitaba que Mary-Love y Sister cuidaran de la pequeña mientras ella daba clases. «Sé que Elinor quiere a Miriam con toda el alma —le confió a James—, pero no estoy seguro de que quiera cuidarla las veinticuatro horas del día. ¡Y eso es exactamente lo que quieren hacer mamá y Sister!»

Pero se equivocaba. Lo descubrió el domingo en que bautizaron a Miriam. Era mediados de mayo, hacía calor y los Caskey estaban sofocados en su banco. Mary-Love se inclinaba cada dos por tres por encima de Sister con un pañuelo en la mano y le secaba el sudor de la frente a la pequeña Miriam, que yacía tranquilamente en los brazos de Elinor. Entre la oración pastoral y el sermón, llamaron a Oscar, Elinor y Miriam para que se acercaran al altar, donde iba a celebrarse el bautismo de Miriam Dammert Caskey. La predicadora levantó la tapa de caoba de la pila bautismal de plata —donada por Elvennia Caskey muchos años antes— y cuando estaba a punto de sumergir los dedos en el agua bendita para rociar la cabeza de la niña se detuvo, consternada.

Oscar bajó la mirada: la pila estaba llena de agua rojiza y turbia.

—¡Oscar! —exclamó la predicadora con un susurro—. No entiendo cómo...

—¡Adelante! —dijo Elinor con una sonrisa—. Es solo agua del Perdido.

La predicadora metió los dedos en el agua, con gesto aprensivo, y salpicó la frente de Miriam. La niña levantó los ojos y le sonrió a su madre.

Después del servicio, la familia al completo cenó en casa de Mary-Love, todos vestidos aún con ropa de domingo para la ocasión. Mientras los comensales se iban pasando el jamón en una dirección y un plato de hamburguesas en la otra, Elinor dijo:

—La escuela termina dentro de una semana y dos días.

—Debes de estar contenta —dijo James—. Me consta que ahí arriba, en esa aula, hace calor. Os da el sol toda la tarde.

—Eso es el martes de la semana que viene —siguió Elinor, haciendo caso omiso de la interrupción—. Y tengo que ir también el miércoles para devolver los libros a la biblioteca. O sea que el próximo jueves, Oscar, Miriam y yo nos mudaremos a la nueva casa —anunció, levantando los ojos y mirando alrededor de la mesa.

Se armó un buen escándalo. Sister estaba tan disgustada que no probó ni un solo bocado más. Mary-Love, de la angustia, atacó el plato y se comió en un momento el doble de lo que normalmente habría comido en un día entero.

—Por favor, hablemos de esto más tarde —suplicó Oscar.

James le pidió a Grace que abandonara del comedor. Ivey y Roxie se quedaron escuchando al otro lado de la puerta de la cocina.

—Yo no tengo nada más que decir —respondió Elinor—. No hay nada de lo que hablar. La casa de al lado es de Oscar y mía, y vamos a mudarnos allí. La casa fue nuestro regalo de bodas y está ahí, con todos los muebles cubiertos con sábanas.

—¡Bah, a quién le importa esa casucha! —exclamó Mary-Love, aunque se trataba de la casa más grande y más cara de todo el pueblo—. ¡Estamos hablando de Miriam! ¡No puedes llevarte a la niña!

—¿Por qué no? —preguntó Elinor.

—¿Quién va a cuidar de ella? —gimió Sister.

—Pues yo, su madre —dijo Elinor.

—¡Tú no sabes cuidarla! —exclamó Mary-Love—. Oscar, te prohíbo que te lleves a tu hija de esta casa. ¡Miriam se marchitaría y se moriría!

Miriam estaba en la cunita de la habitación contigua. Mary-Love se levantó de golpe y, después de coger a la niña en brazos a toda prisa, la consoló y le prometió en susurros que nunca iba a alejarse de su abuela. Sister también se levantó y acarició a la pequeña mientras Mary-Love la mecía en brazos.

—Podéis seguir con el numerito tanto tiempo como queráis —dijo Elinor—, pero Oscar y yo nos marchamos de esta casa.

—¿Por qué? —gritó Mary-Love—. ¿Por qué quieres marcharte de esta casa?

—¡Porque no soporto más estar aquí! —bramó Elinor desde la mesa—. ¡Estoy harta de mirar por la ventana todas las mañanas y ver esa casa enorme, que se supone que es mía, pero que usted mantiene cerrada al tiempo que me oculta la llave! ¡Harta de tropezarme con usted y con Sister cada vez que quiero ir a ver a mi propia hija! ¡Harta de que mis armarios estén llenos de ropa de gente muerta! ¡Harta de tener que dar explicaciones de cada pequeño movimiento que hago: que si adónde voy, que si a qué voy, que si con quién voy...! Bastante tendré ya con vivir en la casa de al lado y que usted y Sister estén entrando y saliendo a todas horas, pero por lo menos allí podré echar el pestillo y tendrán que llamar a la puerta. ¡Oscar es mi marido, Miriam es mi hija y esa es nuestra casa! ¡Y por eso Oscar y yo nos vamos a mudar!

—Elinor —suplicó Oscar, desesperado.

—Oscar, ¡no te vas a ir de esta casa con la pequeña! —dijo Mary-Love, fuera de sí—. ¡No vas a dejar a esta preciosidad en manos de los cuidados de esa mujer!

—Mamá, si Elinor siente que...

—¡Elinor no siente nada! —gritó Mary-Love,

meciendo a la pequeña con tanto brío que Sister se posicionó para interceptarla si esta salía disparada por accidente—. Esa es la cuestión: ¡ella no es la madre de esta niña, lo somos Sister y yo! ¡Si ahora nos la quitas, le vas a arruinar la vida!

Elinor se quedó sentada con expresión asqueada y apartó el plato.

—Ivey —gritó—, ¡ven aquí y limpia la mesa! Nadie tiene ganas de comer más.

Ivey entró con Zaddie detrás de ella para quitar la mesa. En circunstancias normales, nadie habría dicho una palabra ante los sirvientes (aunque nadie dudaba que en la cocina no se habían perdido ni una palabra), pero aquellas no eran circunstancias normales, y Mary-Love siguió hablando por encima del tintineo de los platos, los cubiertos y los vasos.

—Oscar —susurró con voz ominosa—, te prohíbo que salgas de esta casa con Miriam.

—Mamá —contestó Oscar en tono lastimero—, nos prometiste a Elinor y a mí que podríamos irnos en cuanto naciera Miriam. Pero como Miriam era tan pequeña, Elinor tuvo la bondad...

Mary-Love resopló con desprecio.

—... de quedarse unos meses más y dejar que nos ayudaras a cuidarla. Pero ahora la escuela ha terminado y Elinor va a estar en casa a tiempo completo.

—¿Y en otoño? —preguntó Mary-Love—. ¿Qué va a pasar en septiembre? ¿Elinor va a dejar a Miriam colgada de un gancho en el porche mientras esté en la escuela?

—No voy a volver a la escuela —dijo Elinor sin levantar la voz—. Resulta que, al final, a Edna Mc-Ghee no le ha gustado Tallahassee. Le dije que por mí podía volver a dar clase en cuarto curso.

—¡Da igual! —gritó Mary-Love, desesperada—. ¡No te vas a quedar la niña!

—Nos marchamos de esta casa —dijo Elinor con absoluta serenidad.

Mary-Love le entregó la niña a Sister, que sostuvo a Miriam cerca del pecho como si quisiera protegerla de la violencia de las palabras de Mary-Love y Elinor. Mary-Love se acercó a la mesa y se colocó detrás de su silla, agarrando el respaldo con tanta fuerza que los nudillos se le pusieron blancos.

—Pues marchaos —gritó Mary-Love—, mudaos a la casa de al lado, tenéis mi bendición. Os daré las llaves hoy mismo. Sister, ve a buscar las llaves. Os daré las llaves, podéis instalaros en la casa esta misma tarde. Os daré velas y una lámpara de queroseno, y Zaddie os traerá agua. Haré que mañana conecten la luz, el agua y el gas. Ivey te llevará la ropa.

—Gracias —dijo Elinor con frialdad.

—Gracias, mamá... —empezó a decir Oscar.

—Pero Miriam se queda aquí —añadió Mary-Love con decisión.

Se hizo un silencio terrible.

—Mary-Love... —dijo James Caskey con un susurro ahogado, pero esta lo cortó.

—Quédate con la casa, Elinor; al final, es lo que quieres. Y yo me quedo a la niña, que es lo que quiero.

—Mamá, no puedes hacer eso...

—¡Silencio, Oscar! —bramó Mary-Love—. ¿Qué pintas tú en todo esto, si se puede saber?

—Pues, para empezar Miriam es mi hija.

—¡Miriam es nuestra! ¡Mía y de tu hermana!

Sister les llevó las llaves de la nueva casa. Todavía tenía a la pequeña en brazos. Miriam agitó los brazos para llamar su atención. Sister hundió la nariz en el cuello de la niña y le hizo cosquillas hasta que esta soltó una carcajada.

Ivey volvió al comedor para retirar los últimos vasos del centro de la mesa.

—Ivey —dijo Elinor—, en cuanto termines, sube y empieza a recoger mis cosas, ¿quieres?

—Desde luego, señora Elinor —dijo Ivey en voz baja, sin mirar a ningún otro de los presentes.

Mary-Love esbozó una sonrisa triunfal. Oscar, sorprendido, se volvió hacia su mujer.

—Pero, Elinor, ¿cómo puedes...?

—Silencio, Oscar. No vamos a quedarnos en esta casa ni una noche más. Ni una noche más.

—Pero ¿y qué pasa con Miriam?

—James —dijo Elinor—, ¿podrías prestarme a Roxie por un tiempo?

—Será un placer, Elinor —dijo James—. De cualquier forma, Grace y yo comemos casi siempre aquí. Le pago a Roxie cinco dólares a la semana para que se pase diez horas al día sentada a la mesa de la cocina. Ya se ha aprendido catorce capítulos del libro de Job de memoria.

Oscar miró con estupor a su hija, que seguía en brazos de Sister. Esta se había levantado para retirarse a la habitación contigua, pero todavía la veían a través de las puertas abiertas.

—Elinor, ¿en serio la dejaremos aquí y nos mudaremos a la casa de al lado?

Elinor dobló su servilleta y se levantó de la mesa.

—Oscar —dijo—, tenemos que hacer las maletas. Y deberías cambiarte de ropa.

—Pero nuestra pequeña...

Nadie lo interrumpió, pero de pronto una iluminación refulgente como un rayo del sol le atravesó la mente, y enmudeció. Elinor lo había planeado todo; se había dado cuenta de que la única forma de sacarlo de la casa de Mary-Love era sustituyéndolo por algo que Mary-Love amara todavía más. Y por eso había nacido Miriam. Elinor no había dado a luz a una hija, sino a una rehén. Y luego había dejado a Miriam todo el día en casa para que Mary-Love y Sister se encariñaran de ella. La amenaza de Elinor de marcharse con Oscar y llevarse a la pequeña no había sido más que una amenaza vacía. Desde el principio había tenido la intención de renunciar a Miriam, de arrojársela a los lobos voraces por la parte de atrás del trineo, para que ellos dos pudieran escapar indemnes.

Oscar miró alrededor de la mesa. Nadie más se había dado cuenta de lo que estaba pasando, ni siquiera Mary-Love y Sister. Buscó la mirada de su esposa y en sus ojos constató que estaba en lo cierto y que ella sabía que él lo había entendido.

—Oscar —dijo ella en voz baja—, ¿estás listo para empezar a hacer las maletas?

Él se levantó de la mesa y dejó caer la servilleta sobre su silla. Mary-Love y Sister estaban al otro lado de la puerta, arrullando y meciendo a su hija.

Al cabo de una hora, Oscar y Elinor se marcharon y abandonaron a su hija sin decir nada más.

Índice

Descubre antes que nadie todos los secretos
de la saga Blackwater y entra a formar parte
de una comunidad de lectores única.

Te esperamos en
www.sagablackwater.com